割れる
分裂者

〔日〕陈舜臣——著
黄哲昕——译

北京联合出版公司
Beijing United Publishing Co.,Ltd.

割れる

目录 | Contents

割れる

香港来客 >>>

认出在码头朝自己挥手的男人是三浦达夫，船上的林宝媛不禁莞尔。没想到，他还真的专程来迎接自己了。

林宝媛，岩佐商事株式会社香港分店的一个普通打字员，通过本地社招进的公司，甚至连正式员工都算不上。即便如此，从她二十岁初入公司至今，也已有五个年头了。

“我迟早要去一趟日本！”

这句话早已经被她嚼烂了。为达目的，她甚至不厌其烦地在日籍驻港员工身边打转，不放过任何一个汲取日语知识的机会。日本人起初对这个好学的女孩颇感兴趣，会趁着闲暇时间教她几句，但过不了多久都会被她那异乎寻常的执念吓得避之不及。当然也有例外的，驻港两年的三浦达夫就是个称职亲切的好老师。

也多亏了有这么一个平易近人的日本男人日复一日地用日语和她交流，五年下来，宝媛的日语虽谈不上精通，时不时还会冒出本地口音，但总算是能毫无障碍地和日本人交谈了。

宝媛也向三浦挥了挥戴着白色手套的手，以示回应。

“工作繁忙，只怕无法到码头迎接了，见谅。”——三浦虽在信上这样写，但终究还是来接自己了。

这个连正式员工都算不上的小小打字员，在起早贪黑、辛辛苦苦地赚够了钱之后，终于踏上了自己的圆梦之旅，为此还不惜请了一个月的假。就她这种条件，住普通宾馆自然成了奢求，估计只能一家家地蹭着招待所过夜了，真可谓名副其实的“穷游”。

“你只要人到关西就行了，剩下的一切交给我。虽然我有工作在身，但也要尽全这地主之谊的。”

三浦的信中，字里行间满溢热情，这让宝媛心中暖暖的，但她还是在回信里婉拒了对方的好意：“托您的福，我的日语交流基本没问题了。我想自己一个人走走看看。您放心吧，我自己能行的。”

照理说，在休假期间，公司事务应该是要抛诸脑后的。但既然都来了，东京总部和主要分店还是得去拜访一下的，毕竟这边还有许多在香港认识的同事。三浦是一年前回日本的，如今正在神户分店任职。说来也巧，上回神户分店的店长出差去欧洲，途经香港时逗留了三日，还是宝媛负责接待的。

宝媛原计划在神户登陆后就立刻前往分店的，迄今为止，她给神户分店发了多少封信件，连她自己都快数不过来了。“生田区石明町东南大厦 407 室”这个地址，她早已烂熟于胸。

汽笛声响起，船马上就要靠岸了。

反正三浦都来接自己了，就劳烦他带个路吧。

离岸边还有些距离，声音还传不到岸上。宝媛只是一个劲儿地挥着手，挥得肩膀都有些麻木了。

“Miss Lin！”

宝媛顿了半秒钟才反应过来这是在叫自己。她回过头，只见来自英国的事务长正摆手示意她过去。

轮船刚开进防波堤，就有海关工作人员乘着小汽艇上船进行安检工作。安检过程还算顺利，没出什么意外。宝媛取回护照，粗略地了解了一下登陆后相关手续的办理情况。

回甲板前，她先上了趟洗手间。

天公作美，在长达四天的海上旅程中均是晴空万里。

宝媛也没别的消遣活动，独爱在甲板上漫步的感觉。但海上的阳光可不饶人，短短四天，她那原本白皙的面庞就多了几分健康的黝黑。

洗手间里，宝媛痴痴地望着镜中的自己，先是发了一阵呆，随后就取出化妆盒，打开盖子，可转念一想，又把化妆盒塞回了包里。

“哼，管他呢！就当换了个形象。”

宝媛俏皮地向镜中的自己眨了眨眼，将鬓角的秀发捋到耳后，又理了理领口，离开了洗手间。

当她再次来到甲板上时，船已经开进港口了。码头上三浦达夫的五官逐渐清晰。他变化不大，雪白的牙齿在褐色肌肤的衬托下还是那样晃眼。

轮船全然不顾宝媛的心焦，慢悠悠地挪到岸边，舷梯随之放下。三浦走到梯口旁，再次向宝媛挥手。

这个距离很近了，声音完全传递得到。

宝媛还算是个淑女，怎能在公众场合大呼小叫？但三浦就没那么多顾虑了，双手做喇叭状放到嘴边，张口就喊：“路上辛苦了！”

遇到日籍员工到香港分店公干时，一句“路上辛苦了”通常是免不了的。但在宝媛看来，日语中就属这些日常寒暄最让人别扭。

她矜持一笑，算是回应。

就这样，在神户的码头，打字员林宝媛迈出了这穷酸的“日本一月游”的第一步。

“这才一年不见，我们的宝媛竟出落得如此美丽了。”三浦开着车也不忘打趣道。

应付这种程度的玩笑，宝媛也是驾轻就熟：“就你嘴甜。”

“说真的，你日语进步得挺快啊，遇上好老师了？”

“三浦先生走后，哪还有什么好老师。”

“论嘴甜，我得甘拜下风。不打趣了，你奔波了四天，一定也乏了。今天先好生歇着，明天再开始享受‘日本假期’也不迟。”

宝媛也跟着没心没肺地呵呵大笑起来。但是，不能掉以轻心。宝媛心里明白，这次来日本可不仅仅是旅游观光的。

“噢，对了，三浦先生。”宝媛决定还是先解决现实问题，“能帮忙找个便宜点儿的落脚地吗？”

“唔，这个问题嘛……”三浦有些含糊其辞。

“有困难吗？”问题似乎有点儿严重，宝媛一阵紧张。

“没事，不用担心，便宜的旅店要多少有多少的。”三浦忙解释道，“我只是突然想到有一个免费的住处，不晓得你愿不愿意屈居……”

“免费的旅店？”

“其实也不是旅店。我现在住的公寓的一楼，有个中国人开了个叫‘桃源亭’的食堂，那个老板在自家附近还有栋副宅。”

“副宅？那是什么？”

“哦，没人教过你这个词汇吗？”三浦苦笑道，“副宅就是小屋子的意思。在我们日本，有些人家除了主宅外，还会在附近建一栋小屋子，我们称其为副宅。”

“啊？您不会是想让我住那里吧？我和那个老板又不认识……”

“本来是想邀你到寒舍委屈几天的，但不凑巧，我弟弟两口子这两天从东京过来，我家里现在是连个落脚的地儿都没了。”

宝媛不想去别人家里住，于是道：“不用不用，反正只是过夜而已，我到招待所凑合凑合就行，这样反而会自在些。”

“陶大哥……哦，就那食堂的老板，他们全家都住在主宅里，你安心住吧，不用在意他们的。副宅单独有一扇后门，我可以帮你借到钥匙。再说了，你们多少算是同乡，哪有那么多顾忌……”

“可是……”

说不心动是假的，对于手头拮据的宝媛来说，此时没有比“免费”二字更有吸引力的词汇了。但世上真有这等便宜事？她不得不多长一个心眼儿。“寄人篱下，终究是不安心……”她极力抵抗着诱惑。

“这样吧，你先和陶老板照个面，到时再做决定也不迟，搞不好你到时候还会哭着喊着入住呢。”

一路无话，车子在东南大厦门前停了下来。岩佐商事神户分店在大厦的四层，但三浦率先下车，拎起宝媛的行李箱就向一层走去。

“我觉得还是先到分店，和店长打个招呼比较好……”宝媛犹豫道。

“不急不急，还是先把行李寄在‘桃源亭’吧。”三浦不顾宝媛的犹豫，自顾自地走着，“你不会打算提着几十斤东西爬到四楼去吧？”

中华料理食堂“桃源亭”在大厦一楼，很低调的样子，下午3点后就没多少生意了。它占地面积不大，却给人一种宁静的空旷感。老板陶展文正坐在桌旁埋着头写着什么，坐在他对面的女人很是惹眼。那女人三十岁上下，体态丰盈性感，染了一头刺眼的红色长发，眉毛描得如小拇指一般粗，毫不避讳地交叠着肉感的大腿，她面前的桌上还放着一个藤条编制的篮子。

陶展文也不和女人搭话，自顾自地胡乱写着什么。女人嫌气闷了，伸手掀开藤篮的盖子。

“乖，天亮了，该起床啰。”女人腻声道。

藤篮中竟缓缓伸出了一个蛇头。

“好闻吗？这里是食堂哟。”女人的声音里满溢着对宠物的溺爱。

陶展文不禁抬眼瞥了眼女人的异常举止，随即又把注意力移回纸上。不一会儿，他完成了手头的活儿，套上了笔套。

“喏，带着这个到南京町的药房去，他们会给你配的。”

陶展文将手中的纸递给女人——是一张药方。女人伸手接过。

“谢啦。”女人露齿一笑，接着转头对她的爱宠道，“回房间吧，咱们得走了。”

女人正欲离开，陶展文喊住了她：“恕我多问一句，这回又要到哪里去？”

“冈山。”女人毫不犹豫地答道。

“哦……保重身体吧。”

“谢谢您的关心，呵呵……”

女人的一举一动都似表演一般夸张，她舒展双臂，优雅地转过身，油乎乎的食堂在她眼中俨然是华丽的舞台。

她叫宫地多魔子，是个专业的脱衣舞娘。凭着裸身戏蛇的特技，她在圈子里还算小有名气。脱衣舞可是个卖力气的活儿，她的体格自然不可能像普通女性那样弱质纤纤。不过，她那肉感丰满的体形虽然乍一看十分健康，实际上却已病入膏肓。陶展文多次劝她早日入院接受治疗，但她总是一拖再拖，以致贻误了治疗时机。如今她发病愈发频繁，仅凭陶展文的几帖中药，已经渐渐抑制不住病魔了。

陶展文望着女人姣好的背影，心中惋惜。话说回来，这个食堂老板今年已经五十有余，但看起来比实际年龄要年轻十多岁，全身的肌肉也依旧如年轻人一般紧实。多年的拳法锻炼为他那壮实的身体平添了几分柔韧，明亮的双眼在给人以暖意的同时，还隐隐散发着一股凌厉之意。

女人已经离开了，他依然端坐在椅子上，双眼微微合着，让人看不出他究竟是在假寐还是在冥想。

4 点零 5 分，三浦和宝媛走进食堂。

“陶老哥，下午好啊。”三浦率先问了个好。

陶展文睁开眼，瞧见三浦身后跟着个中式打扮的年轻女孩，赶忙站起了身。

“这位小姐就是你上次提到的香港的同事？”

“是啊，我今天特意把她带过来了。”三浦答道，“给你介绍下，这就是我说的陶老板。”

“您好。”宝媛礼貌地鞠了个躬。

陶展文拉出一张椅子示意她坐下，这个老板谈不上热情，但宝媛仍可以感受到这个精壮大叔的好客之意。

“走海路来的？”陶展文关切道，“一路颠簸，累了吧？”

“一点儿也不颠簸，船走得很稳。”

“那就好。”

这都是些毫无营养的寒暄，但即便如此，宝媛心中还是漾起了一阵莫名的暖意。

三浦达夫从踏进店门起就时刻关注着宝媛的态度，见宝媛转过头来看向自己，他立马朝宝媛挤了挤眼睛，似乎在说：“怎么样？这大叔不错吧？”

宝媛读懂了他的眼神，不易察觉地点了点头。得到了宝媛的赞同，三浦显然松了口气。

“陶老哥，我们就把行李暂时寄放在你店里了。”三浦说，随后又催促宝媛，“别磨蹭了，快去见店长吧。”“啊，是，是……麻烦老板了，回见。”宝媛赶忙回应道。

“嗯，放心去吧。”陶展文脸上依旧带着暖暖的笑意，“我会帮你看着行李的。”

三浦在前面带路，两个人来到了四楼的分店。香港那三天的接待工作并没有白费，店长对宝媛的到来相当欢迎，甚至还邀请宝媛到附近共进晚餐。

三浦桌上的文件堆得老高，显然，他是放下手头的工作专程来接自己的，这让宝媛心里有些过意不去。

“对不起，三浦先生。您工作这么忙，还劳烦您来接我……”

宝媛还是老样子，并不擅长此类正式的寒暄，短短的几句日语，她赔着小心一字一顿地说下来，不敢有半分马虎。

“客气了。”眼前的女孩可不经常这样正儿八经地与自己说话，三浦难为情地挠挠头，“难得你不远万里从香港过来，我帮衬着点儿是应该的。”

“但您还有这么多工作要做……”

三浦看着桌上那堆积如山的文件，面露苦笑。

“嗯，是有工作，”他瞥了眼手表，“但也不多，我尽量在 5 点之前完成。”

“我待在这儿有些不方便，我先到楼下食堂等您，可以吗？”宝媛建议道。

三浦没有立刻回答，而是环顾了办公室一圈。周围的打字员见他看过来，纷纷收回好奇的目光，办公室再次被噼噼啪啪的打字机声响填满。也是，女孩难得远离烦闷的工作，远渡异国享受休假时光，可不能让这煞风景的办公室气氛坏了她的心情。

“也好。那就只好委屈你先下楼等等了。”

宝媛告别三浦，回到了一层。刚推开“桃源亭”的门，陶展文就殷勤地迎了上来。

“三浦先生还有半个小时就下班了，到时咱们再一起去看房子。”

“我还是觉得有些不合适……”

“别顾虑那么多。而且，我有个女儿，你们正好做个伴儿。”

“这样叨扰您，真是不好意思……”宝媛有些招架不住对方的热情，“我原本是打算住招待所的，但被三浦先生硬拉到这儿……”

“我那儿比招待所也好不到哪儿去，平日里都空着，你住进去正好添点儿人气。里头没什么家具，就一台碍眼的缝纫机。你就当住招待所吧，不要有心理负担。”

“怎么敢白住您的……”宝媛小心翼翼道，“要不您看这样成吗？我给您付住宿费，就和招待所一样。”

“我没申请营业执照，哪敢乱收住宿费？”

浓眉本是威严的象征，但这位食堂老板的浓眉却像一潭温泉，不知不觉中，宝媛已经被泡得没有气力拒绝了。住处的事就这样敲定了，两个人随后便拉起了家常。

“我哥哥自从十五年前去美国留学后，就再也没有回来过。我和我妈妈一起住在香港。”宝媛简单地介绍了自己的家庭情况，“但妈妈去年过世了，现在就我一个人。”

“令堂过世，令兄也没回来吗？”陶展文好奇道。

“嗯，根本联系不上他。五年前，我听说他来日本了。”

“那他现在还在这边吗？你们有书信来往吗？”

“很奇怪，大哥从五年前开始就音信全无了。在那之前，隔个两三年好歹还有一封信。”

“真是苦了你了。”

“所以啊，我这次来日本的另一个目的就是打探一下消息，搞不好能找到大哥的行踪。”

“你哥哥有什么特征？我也可以帮你关注一下。”

宝媛注视着这位中年大叔，无论是随口的敷衍还是真正的关心，都是可以从对方的表情中读出来的。

“大哥叫林东策。”宝媛答道。

“林东策……好名字，我就是喜欢这样中规中矩的名字。他多大了？”

<<< 消失的大哥

宝媛与大哥相差了足足十五岁，其实她还有个二姐，只不过二姐早年远嫁内地，之后就没有来往了。仔细算来，大哥今年该有四十了。十五年前，也就是宝媛十岁那年，他公费到美国留学，之后就再也没有回来过。

林东策在浙江大学就读时就是圈子里有名的才子，他主要钻研数学，即使是留洋到了人才济济的美国，成绩依然是名列前茅的。这样年轻有为的学者，校方自然是极力将他挽留在了研究室，出人头地是迟早的事。然而，就在七八年前，他却毅然放弃了这顺风顺水的人生，突然辍学了。他写信告诉家里，自己已经厌烦了整天和数学公式打交道的日子，想去寻找真正属于自己的人生。

宝媛与大哥分别时还是个不记事的小丫头，更何况这么多年过去了，她对这个大哥也只是隐隐记得些模糊的轮廓。她印象最深的是大哥发际线边上那颗大黑痣，以及用于遮盖它的枯黄的刘海儿。她只能凭借寥寥几页信纸、几次联络，在心中勾勒大哥的形象。

随着身心的成长，小女孩心中的大哥形象渐渐地被填上了理想化的颜色。“优秀的青年学者”，这是宝媛在心底为大哥描绘的第一张画。得知大哥辍学后，她费了好大的劲儿才将这幅画修改为“成功的商人”。前者文质彬彬，后者大腹便便，确实难为她了。

也就是在那个时候，当初和大哥一同赴美留学的朋友回国了，途经香港时，他特地拜访了宝媛家。

“小林是思想负担太重了。”这句话让母女二人的担忧又重了几分。

哥哥的那位朋友是个意气昂扬、胸怀抱负的进步青年，那时正响应新中国的号召，立志奉献自己的知识，为社会主义建设添砖加瓦。林东策弃学从商，自然就被他归到了“落后分子”的行列中。但在这对饱受思念之苦的母女面前，用“落后”二字未免有些残忍，亏得他有心，说成了“负担太重”。

宝媛对哥哥一直满怀期待，听了那位朋友的话，不免有些失落。哥哥的朋友有所察觉，于是安慰道：“别担心。小林的生意做得还是有声有色的，但生意场上的事儿，谁又能说得清呢？对了，他在大学研究室里工作时就靠做经纪人之类的私活赚了不少钱。说不定，这条路还真适合他。”

大哥的精神负担源自何处？涉世未深的宝媛不得而知。但从这位朋友的语气中，她可以感觉到，这与祖国的政治形势脱不了干系。只是，林家清贫，父亲早亡，和资产阶级完全搭不上边儿。何况又是在香港，不管政局如何，都不至于波及自家吧？当然，这只是宝媛一厢情愿的观点罢了。

“大哥做学问又不是为了赚钱，学者和政治能扯上什么关系？”

毕竟还不成熟，她只能看到问题的表面。她理想中的大哥是个不食人间烟火的学者，即使有烦恼，也应该和学术相关才对。现实与理想的巨大差异让少女宝媛一时无法接受，她又试探性地问道：“是不是学术上遇到什么困难了？”

那位朋友毫不犹豫地断言道：“不会的。”

难道是感情生活出了什么岔子？当时的宝媛正值青春期，难免会在大哥的理想形象上添加几抹浪漫色彩。

在男女问题上，母亲比宝媛敏感得多，她感到有些难以启齿："东策不会是和洋女人……"

那位朋友正愁找不到话来安慰母女俩，听到这话，连忙加重语气道："不可能！唯独这点我可以断言！小林非常洁身自好，从未传出什么绯闻。伯母完全不必担心这个，虽然他也到适婚年龄了……估计是打算在国外赚足了钱，再回香港结婚吧。"

在母亲眼里，儿子弃学从商未必是件坏事。问题是，这一转变过于突然，她没有丝毫的心理准备。她还专程给儿子写了封信询问原委，但林东策在回信中依旧是那几句话，无非就是厌烦了学术生活，觉得自己更适合从商云云。

宝媛不信，她觉得大哥一定是有事瞒着自己和母亲。但任她怎么否定、怎么较劲，无情的现实可没闲功夫去成全一个少女的小心思。"理想大哥"的形象顷刻间土崩瓦解，令她心有戚戚。她并非对商人这个职业有偏见，但作为妹妹，总是希望自己的哥哥是独特的、与众不同的。年轻女孩儿对象牙塔抱有憧憬，这并不奇怪。

不过，没多久，大哥弃学从商的正确性就得到了证实，他竟从美国寄了五千美元的生活费回家。当时，宝媛还是在校生，体弱多病的母亲没有收入，父亲留下的微薄遗产眼瞅着就要见底了，大哥寄回这笔巨款无异于雪中送炭。

为此，母亲还是很高兴的："还是做生意好啊。"

能赚钱是好，但大哥究竟在做什么生意呢？

"反正就是做生意，具体是什么生意……我也是不很懂……"

连自己的朋友在做什么生意都不知道？那位朋友含糊其词的回答让宝媛心中犯起嘀咕来，同时也加深了她的疑虑。莫非……难道……大哥干的不是正经生意？这个可怕的念头在宝媛年少的心灵上留下了一道难以磨灭的阴影。

一年后，大哥又寄回了两千美元的生活费。这一次，他总算稍微透露了自己的行踪。他说近日要离开纽约，搬去旧金山，确定地址后会再告知。没想到，那竟成了大哥寄来的最后一封信。之后，宝媛和母亲按照纽约的地址给大哥寄过无数封信，但无一例外地被退了回来，可见大哥已经不在纽约了。母女二人动用了一切关系，但一无所获。经过数年的苦苦追寻，总算得到一丁点儿消息——"一个名叫林东策的中国留学生说自己想去日本，至于是从谁那儿听说的，我不记得了，也有可能是我听错了吧。"而说这句话的人，甚至连大哥的面都没见过。

一年前，母亲带着对大哥的担忧病逝了，那句不靠谱的消息依旧会时不时在宝媛脑中响起，特别是每当听见同事们用日语交谈，她就会产生一种强烈的预感，大哥一定在日本！正是在这份预感的驱动下，她才更加拼命学日语。

大哥大概是懒得动笔，失踪前给家里写的信也不过寥寥数封。宝媛把这些信反反复复看了无数遍，试图从中找到一些线索。

信件的内容很简单，甚至有些前言不搭后语，说好听点儿是天马行空，说难听点儿则是逻辑混乱。有很长一段时间，宝媛都天真地将其奉为“天才手笔”，现在看来，充其量也就是“性子随便”罢了。试想，正常人谁会把“走着走着鞋带断了”这样的事写在家书里？连母亲都曾抱怨：“这写的都是什么呀？大老远跑到美国去，好歹写一些有趣的见闻给我们看看嘛！鞋带？他专程到美国去断鞋带的吗？流水账也不是这么个记法儿。”

大哥还会莫名其妙地在信中留下一些谜一样的语句，就拿他最后的那封信来说，在叙述完朋友的经历后，他补充了一句话：“我与此男，并列一站，一刀两断，尽皆相同。”母亲对此感到无语，宝媛也猜不透大哥想表达什么。不过，她仍极力为大哥辩解：“没什么可奇怪的，但凡头脑聪明的人，总会认为周边的人一定也能理解他自己能理解的事物。”

之前，大哥就算再懒散，还能保证一年至少给家里寄一封信。但从那以后，母女俩连续两年都没有收到大哥的信，于是彻底慌了。她们唯一可以确定的是大哥确实去了旧金山，母亲甚至联系上了中国领事馆，但得到的答复却让人失望，没有查到符合条件的人。大使馆还在回信中补充道："也有可能是目标人物未获得美国市民权，本机构无法查询脱籍者信息。"照这样看来，那句不靠谱的消息反而多了几分真实性。

母亲对儿子的最后一分期盼在临终时也被消磨殆尽了："这个不孝子，恐怕早就不在人世了。不然，何至于这么多年都不往家里寄信？"

宝媛可以感觉到，母亲说这句话时内心是动摇的。回头想想，母亲的观点不无道理。若是大哥健在，没理由这么长时间不给家里报个信。事实是明摆着的，只不过作为亲人无法接受罢了。但有一点宝媛想不通，大哥在海外就没有一两个朋友？他若真是出了意外，就没人通知他的家人？

"万一大哥真的在日本呢……无论结果如何，就当是解我一个心结吧。"宝媛把大哥的事一五一十告诉了陶展文。

“别灰心，事情还没定数呢。”陶展文鼓励道，“我这边会尽可能地帮助你。”

“那我就先谢谢了。”宝媛感激道。

“唔，要从哪儿着手呢……”陶展文做沉思状，“日本说大不大，说小也有四十万平方公里呀……”

“但定居在日本的中国人没多少吧？”

“是不多，三万左右吧，但散布在日本各地……干脆，我们划分区域来找吧？”

“具体怎么做？”

“我看就先从神户着手，那是在日中国人的主要活动区域。其实不难，到市政府查一查外国人市民记录便知。神户找不到的话，就去大阪找，还找不到，就去东京、横滨找。总之，就这样一个区域一个区域地找，直到找到为止。”

“就是到市政府查外国人登陆记录？”

“是的。这么说吧，在神户的中国人大概有八千，我们只找林姓男子，花不了多少时间的。我在那里有熟人，我们都不用亲自去，跟他打声招呼就成。”

宝媛再次朝陶展文深深地鞠了一躬：“真不知道要怎样感谢您才好！”

就在那时，三浦一手擦着额间的细汗，着急忙慌地赶来了。

“我来啦，久等了。”

他的呼吸略显急促，想必是怕二人等久了，迅速解决了手头的活儿后一路跑下来的。

陶展文并未因三浦的到来而打断沉思。“林东策……林东策……”他反复咀嚼着这个名字，仿佛要将其深深刻在脑海里。

从神户到东京 >>>

神户背靠六甲群山，是个斜坡上的都市。从港口望去，市里的建筑如梯田一般层层递进，慵懒地躺在山坡上，仿佛正享受着悠闲的午后阳光。太阳正对着整齐的房屋，为红瓦白墙增添了几抹亮色，很难想象炎夏来袭后会是怎样一幅壮观的光景。但入秋后，清爽的凉风中和了烈日的炽热，屋内的空气怡人多了。

夏日里，阳光被厚实的窗帘拒于窗外，入秋后却成了各家各户争相欢迎的宠儿。一大早，人们就打开窗门迎接第一缕阳光的到来。

位于北野町的陶展文家也不例外，整日里窗门大开，仿佛要将秋日融化在屋子里。从二楼的窗户向外看，偌大的神户市就像他家后院一般一览无余。

宝媛惬意地靠在窗边，无精打采地望着海浪发呆，一夜的安眠并未驱逐四日颠簸所带来的疲倦感。

陶展文的女儿陶羽容此时正陪在她的身旁，两个人有一搭没一搭地闲聊着。

“看那台造船厂的起重机。”羽容所指之处是一台正在施工的起重机，那巨型钢铁手臂的一举一动，似乎随时都会把地势狭长的神户撕裂。

“听说这台起重机马上就要拆掉了。如今造船技术发达，这些老设备也该退休了。”羽容的语气中带着一丝落寞。陪着自己长大的景致一个个儿地从身边消失，自然就撩起了她那份少女特有的感伤。

陶展文回来了，他刚推开铁门，就看见了靠在二楼窗边的宝媛。

“宝媛，坏消息。”他直接朝二楼大声道，“我刚到市政府确认过了，神户没有叫林东策的人。”

听到这个结果，宝媛谈不上失望，毕竟“大哥在日本”这个信息原本就是她一厢情愿的想法。不过，陶老板的热情让她大为感动：“真不知道要怎样感谢您才好，为了我这点小事，您……”

“宝媛姐，别灰心。”一旁的羽容安慰道，“这不才刚找了神户吗？日本这么大，或许你大哥在大阪、东京呢？只要他真的在日本，就不怕找不到的。”

陶展文来到二楼，为宝媛做了详细的汇报：“已登录的林姓中国男子只有五百多人，可惜里头没有叫林东策的。”

“无论结果如何，我都很感激了。这一趟下来，您一定费了不少心思。”宝媛一个劲儿地道谢。

“不费事。你知道吗？姓陈的中国人有一千多个，姓林的还不到一半呢。”

“我也不能闲着，明儿就去东京了，我一定要在那儿好好找找。”宝媛下决心道。

光和公寓坐落于神户的中山手区，是一栋四层建筑的高档公寓。四年前刚竣工时，这栋建筑在楼层高度上睥睨周边所有民房，无论是日照时间还是可视范围，皆无可挑剔。但好景不长，接下来的三年里，周边高楼先后拔地而起。如今，打开窗户所面对的只剩下冷冰冰的墙壁，昔日的阳光与海景已成为一种奢侈。

附近又开始动工了。公寓管理员久留岛欣吾忍受着聒噪不绝的电钻音，愁眉不展地盯着申请书上的一列列数字。

管理员办公室的墙上设有一扇咨询用的小窗，一个化着浓妆、年逾二十的女孩对窗内的久留岛叫道："哥。"

久留岛回过头："哦，弘子。"

女孩嘴角微微一扬，挤出个微妙的表情。但久留岛明白，这是女孩特有的笑容，厚厚的粉底让她不敢有太大的面部表情。笼罩在久留岛周边的伤感气息并未被这滑稽的笑容驱散，他依旧面带愁云。

弘子将礼盒放在了窗台上，道："中秋快乐。给，甜到掉牙的红豆饼。"

久留岛满脸不耐烦地直起身子，来到窗前，信手抄过礼盒。连一句感谢的话语都没有，他径直回到座位上继续翻弄申请书，把窗外的妹妹晾在了一边。

"哥，妹妹和你没仇吧！"弘子气哼哼地道，"偶尔也开心点嘛！别成天像别人欠了你钱似的。"

"你说说看，有什么可开心的事儿？"久留岛仍是一副爱答不理的态度。

"你真是没救了。"弘子无可奈何地耸耸肩，"教你一个时下流行的新词——享受生活。享受生活你懂吗？"

"享受生活？就像你家老王那样？"久留岛的语气有些不善了。

"我可不指望你像王哥那样四处游荡，只求你能在晚饭后看个电影，再不济，去看场脱衣舞，妹妹我也认了。"

“你觉得这些事情有意思？”

“哼，反正在哥哥看来，整个世界都是无趣的。就当为了你可爱的妹妹，别成天摆着一张扑克脸成吗？”

“你很闲吗？”

“切，好像人家很稀罕搭理你似的。”弘子一仰下巴，“拜拜，不用送了。”

弘子那双高跟鞋撞击地面的声音明显比往常要大上几分，久留岛明白，妹妹这是在向自己示威。

这是一对不可以常理看待的兄妹，很显然，他俩互相瞧不起对方。互相鄙视的兄妹并不少见，但矛盾的是，在这种鄙视中还存留着浓浓的亲情。弘子为哥哥带红豆饼，不正是亲情的见证吗？爱是悲伤的温床，蕴藏在欣吾眼神中的悲伤同样暗示着他对妹妹的爱，这份兄妹之情尚未被相互间的鄙视所蚕食。

弘子回到二楼的家中。光和公寓的体积比东侧的高层建筑略宽，弘子的房间正巧朝东，因此可以毫无遮挡地享受秋日的阳光。从那塞满书籍的书架可以看出，房间的主人是个爱书之人。书架的最顶层整齐地排列着《三国演义》等中文历史小说，封面上的指垢讲述着主人对此类书籍的喜爱，书架下层则杂乱地摆放着五花八门的旅行手册。

弘子回到房间，倦怠地伸了个懒腰，自言自语道：“真拿这个大哥没办法。”

毕竟是心灵相通的亲兄妹，楼下的久留岛似乎感知到了什么，气恼地嘟囔了一句：“弘子这死丫头……”

以上情景发生在林宝媛抵日的一周后。

数日后，东京日本桥，三电大厦五楼，“奥林匹亚物产株式会社”。

撇去这气派的名称，这家公司其实只是一个由五六个员工组成的小型工作室而已。对面的高楼近在咫尺，在其遮挡下，投射进窗内的阳光如施舍一般少得可怜。

公司董事长库本胜一是个年逾四十的中年男人。

库本挪了挪椅子，好让自己的头顶能享受到那仅存的一缕阳光。他正在与远在神户的伊斯坦酒店做电话预约：“……嗯，26 号。对，就预定一晚。中国人，姓林，就是双木林。东京的东，策略的策……对对，就是竹字头的策。房号是 612……好的，我记一下。好的，麻烦你了。”

他放下电话，对那个坐在门边、神态拘束的女学生道：“抱歉，久等了……哦，我见过你。你是来给孤儿院拉赞助的吧？我们老大今天不在，你改天再来吧。”

“我，我昨天也来过了……”女孩神情怯怯的。

半躺在沙发上的竹内朝子，当女学生不存在一般，插话道：“你们总算是逮着他了，真不易。”

“这得多亏了你。”库本调侃道，“没你，他哪能现身？”

“少贫嘴。”朝子睨了他一眼，显然不反感这样的调笑。

“唉，老林这个闲人，”库本叹道，“三天两头不见人影的，这可是他的公司。我要是老板，准炒他鱿鱼。”

“幸好他这样，你还能充个老板当当。他要是来了，这不行那不准的，你还能做成什么？”朝子道。

“也是。那家伙从来都是三分钟热度，想想公司刚成立时他那股劲儿……你也该多给他吹吹枕边风了，他……”

“你还说！”

库本还未调侃完，就让朝子高声制止了。他讪讪一笑：“不说了，不说了。接下来该开始为我的出差做准备了，我的要求很低，不求住五星级酒店，只求坐列车头等舱啊。”

见他又开始摆弄电话，丝毫没有搭理自己的意思，征集捐款的女学生只能放弃。她起身鞠了一躬，失望地离开了。

“哼，别看这女孩不说话，心气儿高着呢。自以为做着多么神圣的工作，说到底，不就是个要饭的吗？”

朝子毫不掩饰语气中的厌恶，像她这样价值观缺失的女人，会本能地仇视身边那些正常的同性。

三电大厦一楼的咖啡厅中，两个中国男人正用中文交谈着。

“我本打算直接回婆罗洲的，但好久没见着你了，就顺道来你这儿了。还是坐船好啊，稳当，我就是坐船来东京的。”说话的是一个目带精光、身宽体胖的中年男人。

“我也是刚从外地回来。”

坐在胖男人对面的是个面带倦容、中等身材的男人。他的年纪在四十上下，身着的黑色西装已满是皱褶，却难掩其气质。不知是灯光太晃眼，还是习惯使然，他总是眯着眼。未经梳理的刘海儿总会落在额间，他不得不时常抬手将其捋起。枯黄的刘海儿下，发际线边上的黑痣若隐若现。

“我这回待不长，刚上岸就听说你又玩失踪，我还真怕见不着你。”胖男人道。

“抱歉了。我这些日子身子不适，经常去市外做温泉疗养。”

“身体才是本钱。”胖男人关切道，“具体工作可以交给手下去办，我看那库本就挺得力的。决策上你把控一下就可以了。”

“谢谢忠告，但我至少得把财务做到位。”

“说的也是，这可不能托付外人，但你还是得量力而行。要我说，你这次就别陪我去神户了……”

“不妨事，跑一趟神户还不至于把我累垮。”

“那你好歹在神户隔一晚再回东京。当天往返，我担心你的身子会受不了。”

“嗯，我已经让手下预定酒店了。船确定是 26 号傍晚出航吗？”

“Blue•Funel 的航班以准时著称，晚不了。”

“嗯，我已经预定好 26 号的酒店了。”

“这就对了，还是歇一晚再回东京的好，一切以身体为重。”

对话告一段落，胖男人开始搅拌杯中的咖啡。中年男人见状，起身道：“程兄，你先坐着，我去给楼上打个电话。”说完，他离开座位，朝前台走去。

胖男人仰起粗短的脖子，将咖啡一饮而尽，随后抬起头，百无聊赖地望着天花板。撇去那黝黑的肤色不说，他浑身上下散发着一种东南亚特有的悠闲气息，让人一眼就可以看出他是南洋来客。

中年男人在前台用日语讲着电话：“嗯，谢谢你了……好，那宾馆就定下来了。你的出差准备好了没有？嗯，那就好。你走后，工作可以交接给菅野。好，回见。”

见中年男人放下电话朝这边走来，南洋来客问道：“林兄手头上还有工作要忙？”

“不，我只是给下属拨个电话，确认一下酒店预约好了没有。”

林姓男子浅啜了一口咖啡，微微蹙眉，估计是咖啡凉了。

稍事休息后，两个人离开三电大厦。中年男人捋开垂下的刘海儿，指引道：“这头没地儿停车，我把车子停那边了。请。”

两个人走进一旁的小巷。小巷被夹在两栋庞然大物之间，加上时值黄昏，夕阳的光亮更是无法触及小巷内部。

“太阳照不进来，”胖男人耸耸肩，说道，“久居热带，乍一碰上日本的秋天，还真有些适应不了这温度。接下来的日子怕是会更冷吧？”

“日本的冬天冷得刺骨。”

“我还是快点把事情处理完，拾掇拾掇早日回婆罗洲吧。”

走出小巷，来到马路上，两个人终于再次感受到了久违的阳光。

酒店凶案 >>>

10 月 27 日，天气晴朗。

林宝媛抵日后，先在神户逗留了两天，随即前往东京游玩了十天，五天前又回到了神户。之后，她就一直寄宿在陶展文家中，以神户为据点，围绕关西区域展开了“穷游”。

陶展文习惯早起，清晨空气带来的那种舒适感觉让他欲罢不能。今早，在享受空气浴的同时，一个与蛇共舞的裸女浮现在他的脑海中。昨天早上，脱衣舞娘宫地多魔子从冈山发了封电报过来：“把药寄给我。”紧接着是旅馆的地址。

“又发作了吗……”

照这发病的频率看，她怕是撑不了一年了……不，大概只消半年，病魔就会将她的肉体蚕食殆尽了。

陶展文立即买了药，用加急邮件给她寄了过去。不难想象，这个女人一定是在镇痛剂的帮助下熬过昨晚的。但事到如今，陶展文开的方子也只能拯救她一时之苦罢了。

虽说人各有命，但上天给这个女人安排的人生着实残忍了些。

陶展文抱着对女人的惋惜，开始了日常的拳法训练。他酷爱中国拳法，但只是为了强身健体，并不是为了与人动武。后院也不大，堪堪容得下他的拳脚。最近，羽容为了保护她的蔷薇免遭践踏，在后院竖了一道矮篱，陶展文已不能随心所欲地施展他的“回旋踢”了。

束手束脚的训练刚结束，客厅里的电话就响了。陶展文抹了把汗，赶忙回到了屋子里。

还不到 7 点，这通电话着实有些唐突，若非紧急要事，就有扰人清梦之嫌。

陶展文拿起话筒，电话那头的男人先做了一番应付似的道歉：“是陶先生吗？一大早的，打扰您休息了，请见谅。”

“你是？”陶展文不悦地问。

“我是生田警署的神尾，给您打电话是想请教一些事儿。”

“神尾……警官？有什么问题吗？我洗耳恭听。”

“那我就不客套了。据我所知，您这些日子一直在打听一个叫林东策的中国人？”

“是的，那又如何？”

“这是人事处的同僚告诉我的。恕我冒昧，您为什么要打探这个人呢？”

“他在香港的妹妹来日本了，托我帮忙找哥哥。”

“哦，他还有妹妹啊……”

“怎么？你们找到他了？”

对方许久未答，陶展文心中涌起了一股不祥的预感。

片刻后，对方严肃地说道：“昨晚，本地的伊斯坦酒店里发生了一起杀人案。一个男人死在林东策所住的房间里，而林东策本人至今下落不明。这个死者估计您也认识，是光和公寓的房东王同平。您有印象吗？”

“死的是他？”

陶展文确实认识这个王同平，但也只是点头之交，他的好友朱汉生是光和公寓的住户，老朱曾多次在他面前提及这个房东。

“大体情况就是这样了。具体信息在今早的报纸上会有详细说明的，您可以抽时间了解一下。”

“嗯，我会看的。然后呢？”

“如果方便的话，我想登门拜访，当面向您咨询几个问题。您今早有空吗？”

“请便。”

陶展文放下话筒，无法形容此时的心情。苦苦找寻的林东策就住在自己身边的高级酒店里，还成了杀人案的嫌疑犯，而事件的死者竟是自己的相识的人。

陶展文快步回到院子里，从邮箱中取出报纸来看。果不其然，报纸的头条上，几行大字相当扯人眼球——

伊斯坦酒店发生杀人惨案！

死者系中国籍男性，公寓经营者。

住宿在案发客房的中国籍商人，目前行踪不明。

陶展文顾不上回屋，当下就将这条新闻一字不落地看了一遍，总算对整起事件有了个初步的了解——

目前居住在东京的中国籍商人林东策，于昨日下午1点入住伊斯坦酒店。酒店方表示，林于四日前预约的房间，昨日下午抵达酒店时有一男子与其同行，但此男子并未入住。另外，林在此前从未入住过该酒店。

林与同行的男子在酒店大堂稍事休息后，托前台工作人员拨通电话，确认了当日的出航班次。得知最近航班于5点出航后，两个人即刻离开酒店。晚7点，林独自返回酒店。

7点半，林拨通前台电话，让前台派人到612室来搭把手。他有个蛇皮袋上的拉链卡住了拉不动。服务生几经尝试都没能拉开拉链，于是林先从拉开的半边把里面的物品取出，后将蛇皮袋暂寄在服务生那儿，让他带到前台去想办法解决："我明天一早就得动身，你们务必在今晚之内修好。"

服务生退出客房后就去忙其他事了，一直忙到晚上9点才腾出时间，又费了好大的劲儿才将拉链修好。9点10分，他打算归还蛇皮袋，但敲了很久的门，612室始终无人回应。

服务生抱着试一试的心态拧了拧门把，发现门竟然没上锁。屋内没有动静，想必客人是外出了。服务生推开门，屋里灯光昏暗，他把蛇皮袋放在桌上，正欲离开，却被眼前的一幕吓了个踉跄。砖红色的地毯上竟然倒着一个男人，流淌在地毯上的红色液体不正是血吗！

男人早已没有了生命迹象。服务员一眼就认出倒在地上的并不是房客林东策，有别于林的黑色西装和枯黄短发，死者身着花哨的蓝格子西装，梳着整齐的中分头，还戴着一副圆框眼镜。

根据警方的调查，死者死于钝器击打，后脑部有两处明显的凹陷，地上的血正是从伤口处流出来的。

凭借死者钱包里印有“王同平”三个字的名片，警方确认了死者的身份。在死者的上衣口袋中发现的外国人登记证也被确认为死者之物。警方随即联系了死者的妻子弘子以及她的哥哥——光和公寓的管理员久留岛欣吾——来确认尸体。

弘子说，王同平于一周前去山阴地区旅行，预计两三日后才会回来。至于他为什么提前回来了，而且还出现在酒店里，弘子也不得而知。另外，王同平的装扮与一周前出门时一样。

警方并未在客房内发现凶器，林东策的行李也不见了。王同平的雨衣被胡乱地扔在床铺上，值得注意的是，他的帽子没有出现在现场。

宾馆的职员多少都对死者有点印象，毕竟死者的打扮太过惹眼。根据六楼服务生的证言，死者在 8 点左右路过走廊时，头戴一顶帽子，还对自己行了个压帽礼。在那之后不久，前台的工作人员就看见一个疑似林东策的男子举止慌张地离开了酒店。更奇怪的是，酒店明明有电梯，但嫌疑人与死者上下楼时都是走的楼梯。

事件的轮廓已清晰可见——王同平造访612室后遇害，612室的房客林东策至今行踪不明。

从报纸上收集到的信息就这么多，事关林宝媛，陶展文自然不能置身事外，警方也不可能放过他。警察今早的到访，说委婉些是“咨询”，实际上就是赤裸裸的“盘问”。

离警察来访还有些时间，陶展文对如何将此事告知宝媛感到有些苦恼。警方迟早会找上她，无论如何都得让她有个心理准备。

不待他考虑周全，宝媛就打着哈欠朝后院走过来了。陶展文心念急转，当即将报纸的头条面向宝媛，迎了上去。

宝媛看到陶展文朝自己走来，道：“陶叔叔，早安。”

“你也习惯早起？”陶展文故作平常地问道，“你昨儿在奈良玩到很晚才回来吧？不多睡一会儿？”

“不用不用，早起对身体好嘛。”

陶展文心里清楚，眼前的女孩正在用积极的生活态度感谢自己给予的帮助。他狠下心，把报纸凑到女孩眼前，道：“你能读日本的报纸吗？要不要试试？”

“能是能，就是读得慢。”宝媛谦虚了，她的日语阅读能力可比对话能力要强得多。

“来，试试看。”陶展文将报纸递给宝媛。

宝媛的视线当即就被那硕大的标题吸引，惊道："呀，有中国人遇害了……"

"接着往下看。"

陶展文在一旁默默地等待着宝媛表情的变化。不出他所料，在不到1分钟的时间里，宝媛的表情就由惊讶到喜悦，由失望到悲伤，尽显女孩内心的翻江倒海。

片刻后，她抬起头，略显疲惫地叹了口气，平静地问道："大哥成凶案嫌疑人了？

"不要想太多，媒体最擅长的就是捕风捉影。"陶展文安慰道。

"行踪不明……大哥不会又失踪了吧？"

陶展文钦佩女孩的镇定，问道："令兄像是会杀人的人吗？"

"我……不知道。"宝媛声如蚊蚋。

陶展文没有深究，毕竟她与兄长已经十余年没见面了。作为妹妹，只要她对这个哥哥还有一丝信任，就一定会毫不犹豫地否定这种问题的。

"唉，先进屋吧。"陶展文道，"警察就要来了。"

"警察？他们来做什么？"宝媛面露忧色。

"我最近不是在打听令兄的行踪吗？这事儿传到警方耳朵里去了……"

“那您怎么办……”

“有一说一就是了。”

估计警方也会盘问宝媛，但陶展文相信这个坚强的女孩一定应付得来。时下，“香港姑娘”这个名词已被涂上了一层贬义色彩。家务无能、好吃懒做、生活糜烂……人们对香港女性的批判不绝于耳，但眼前这个叫林宝媛的香港女孩却没有这些毛病。数日来，无论是打扫房屋还是饭后洗碗，宝媛都做得非常认真，她那勤劳的品性让陶展文对“香港姑娘”大有改观。而在宝媛眼里，此次日本之行不单是一次旅游，也丰富了她的人生经历，让她受益匪浅。另外，她一得空就会阅读服装设计方面的书籍，夜深人静时，副宅那头还时常传来缝纫机的作业声。宝媛虽生在奢靡的香港，骨子里却是个勤劳的女性。

生田警署的神尾警部来得很快，对陶展文展开提问也无非是为了调查林东策。陶展文没必要隐瞒——为了帮助这个来自香港的女孩。宝媛也只是将半个月前与陶展文说的话又向警察陈述了一遍而已。

“嗯，我大致清楚了。”神尾沉默半晌，这才步入正题，“容我问一句，陶先生，您昨晚一直在家中吗？”

陶展文神色不变，浅笑道：“呵呵，您这是在向我要不在场证明吗？”

“您多心了。”陶展文的态度让神尾有些尴尬，“……例行公事而已，望体谅。”

“我昨晚在 Toa•Laud 与朋友下象棋。”陶展文平静地说道，“11 点才到家。”

“恕我多问，您这位朋友的姓名和住址是？”

“安记公司朱汉文，住址是……”

警察随后也问了宝媛相同的问题。

“昨天我去奈良了。”她答道，“其实我 6 点多就回到三宫站了，但实在不好意思再到陶叔那儿蹭饭，就没立刻回去。”

“之后呢？”

“我在三宫吃了饭，又看了场电影才回去。”

“几点到家的？”

“大概 10 点多吧。”

神尾又详细询问了那场电影和影院的名称，随即翻开随身携带的小册子，问道：“您还记得令兄的相貌特征吗？”

“我们有十五年没见面了，”宝媛答道，“大哥走时，我才十岁，只记得他的额头上有一颗硬币大小的黑痣……他嫌黑痣难看，总是用头发遮着。我记得的就只有这些了。”

“黑痣和头发……”神尾做了简单的记录后，直视着宝媛的眼睛，一脸期待地问道，“您有他的照片吗？”

“没有。”宝媛摇头，“大哥从未给家里寄过照片，妈妈也说他从小就不喜欢拍照。”

“那可有些麻烦了……”神尾面露难色。

警察的为难神色不像假的，陶展文隐隐感觉事有蹊跷，问道：“不对吧？一张照片就能把你们难住吗？在市政府的外国人登陆记录里，别说是照片，就连指纹都有备案的。”

日本法律规定，凡是居住在日本的外国人，都必须到特定机构备案，违者重罚。每隔三年必须更新一次照片和指纹，交予外务省保管。

神尾疲惫地叹了口气，起身道：“实话告诉你们吧，警方……查不到林东策的备案信息。”

<<< 谜　团

神尾对警方已掌握的信息怕是还有所保留，这勾起了陶展文那久违的探索本能，但也让他感到两难，毕竟目标人物林东策是宝媛的亲兄长，他不得不顾及这个女孩的想法。

即便如此，这起蹊跷的案件还是时时牵动着陶展文的内心。警方竟无法查到林东策的登陆备案？照理说，外国人不做备案是过不了海关的。这么看来，林东策多半是偷渡进的日本。宝媛曾说过，他五年没给家里寄过信，恐怕与偷渡脱不了干系。

林东策是宝媛的兄长，但同时也是凶杀案的主要嫌疑人。事关一条性命，追查凶手，还死者一个公道，是为了伸张正义，但陶展文从未将自己当作正义使者。

陶展文终究还是抑制住了那份蠢蠢欲动的探索欲，决定做一个旁观者。伸张正义是警察的工作，正如妻子对他的忠告——多管闲事无益处，引火烧身自难全。

由于出了这档子事，宝媛原定于今日的有马之旅也只能暂作搁浅了。

警察已经走了，陶展文见宝媛仍旧呆坐在沙发上，关切地问道："你昨儿一定也玩累了，再到房里歇会儿吧。"

"嗯……"宝媛听从了他的建议，回房去了。

陶展文独自留在客厅里，心中一遍又一遍地提醒自己："这是警察的工作，我不能多管闲事……"

9 点半，好友朱汉文来电。陶展文刚拿起话筒，对方劈头就是一句："老展呀，我可是救了你一命啊！"

"警察来找你了？"陶展文惊奇地问道。

"可不是吗？警察问我，你昨晚有没有和我在一起。瞧那态度，他们这回是玩真的了。你得感谢我，我可给你洗清了嫌疑。"

"感激不尽。对了，你和那王同平走得挺近吧？有什么线索吗？"

"哪能有什么线索？我也想不通，那优哉游哉的老男人能有什么仇家？”

“比你还悠哉？”

“笑话。他可是那种平日里无所事事，凭公寓的房租就可以高枕无忧的资本家。我这样赚血汗钱的苦命商人如何能比？”

“听说，这王同平是战后才移居日本的，具体的时间你了解吗？”

“那小子以前在香港一家叫‘万成贸易’的公司从事涉外相关工作，大概从十年前起，他开始频繁地赴日出差，我就是在那时和他相识的。后来，他就辞了工作来日本定居了。”

“那大概是几年前的事？”

“至今有五六年了吧。”

“然后呢？他到了日本后，就凭工作的积蓄建了一栋公寓？”

“不是不是。我记得他还在万成时就经常跟我诉苦，说工资太低……说来也怪，他建公寓的钱到底是从哪儿来的？”

“有没有可能是辞职后大捞了一笔？”

“不知道，没听他提起过。”

“嗯……还有其他事吗？你这通电话不会就是为了来

讨我一句谢谢的吧？”

“答对了！噢，差点忘了问，你为什么会被警察盯上？该不会真的做了什么见不得光的事吧？”

陶展文心里明白，老朱是因为担心自己才拨得这通电话，就安抚友人道：“放心。电话里说不清，改天见面再详谈。”

“那就好，我还以为是因为你面目可憎才被警察盯上了呢。”

“或许还真让你说准了。”

“那你得这样反驳：长相是爸妈给的，有本事逮捕他们去啊……哈哈哈哈。”

11点，陶展文来到了店里。生意清闲，加之最近在棋盘上总是被老朱将军，陶展文在店里的时光多半投在了对棋谱的研究上。但今日他无论如何也无法静下心来研究棋谱，王同平一案始终让他无法释怀。

午餐时间到了，食客蜂拥而至，他不得不收起棋谱，回到了厨房中。

小岛和彦今天也来了，他是中央新闻报社的记者，同时也是在陶展文这里学习中国拳法的徒弟。

“陶师傅，”他对正在厨房中忙碌的陶展文叫道，“您看了今早的报纸吗？您认识那死者王同平吗？”

“嗯，但只是点头之交而已。”陶展文实话实说。

“这起案件可玄乎了。死者虽然是死于钝器击打，但警方却在桌上的茶水中检测出了氯化钾。”

“有这回事？看来凶手是杀意已决。”

“这是有多大的仇呀……”

“凶手抓到了吗？”

“哪有这么快。”小岛道，“但凶手伏法是迟早的事，毕竟警方已经确认凶手的身份了。”

“就是那个叫林东策的男人？”

“除了他还会有谁？”

案情真的如此简单？凶手真的愚蠢到在自己的客房里行凶？难道是激情杀人？不对，杯中的氯化钾足以推翻这个假设。这一新发现，让陶展文内心的探索欲死灰复燃了。

小岛见陶展文默不作声，继续道：“听说凶器属棍棒状的坚硬物体。”

“依报纸上的说法，警方还未确定具体凶器吧？”

“我有个假设。”小岛道，“既然桌上的茶并未被喝过，您说，会不会是凶手下毒时恰巧被死者发现了，所以才不得不用武力解决？”

“照你这种说法，凶手为了预防下毒失败，还特地提前准备了一根棍棒状的凶器？”

“或许他只是从身边随手抓了根棍棒状的物体呢？”

“客房里有这样的物品吗？一般的人外出旅行会携带这样的物品吗？”

“唔……随身携带的且不说，客房里的棍棒状物体，我只能想到鞋拔子。”经陶展文提醒，小岛也发现了这番推理中的不合理之处。

“那就只能看警方能否尽早抓到嫌疑人了。”

“警方那头很有信心，毕竟嫌疑人的身份已得到确认了。”小岛道。

陶展文有种预感，此番抓捕恐怕不会如警方想象得那般顺利，他隐隐觉得林宝媛的兄长绝非平凡之辈。他对小岛道：“要是嫌疑人被抓住了，麻烦你知会我一声。”可转念一想，若林东策被捕，不待小岛通知，警方一定会立刻联系宝媛的，于是就补充道，“有什么新进展，也通知我一声吧。”

“好的，一有新消息，我立刻电话联系您。”

小岛好像挺忙，一碗拉面匆匆下肚后就离开了。

下午两点，店里的活儿告一段落，陶展文这才应付了顿午饭。刚到 3 点，小岛就来电话了：“师傅，警方这回可丢大脸了！”

吊足了陶展文的胃口后，小岛将新消息娓娓道来——

这次的问题出在现场的指纹上。林东策在逃跑前清理了 612 室中所有的指纹，警方只在浴室镜子上提取到了一枚王同平的食指指纹。那粗糙的蛇皮袋就更别提了，根本无法提取到任何指纹。

先是查询不到登陆备案，再是无法提取到指纹，两大败绩让警方颜面扫地。但搜查小组并未放弃，因为凡是入住酒店的房客，都要在前台填写一张入住卡。警方把最后的希望押在了这张卡片上，但前台工作人员给出的答案令人大跌眼镜：“入住卡？你们刚才不是已经派人取走了吗？”

而所有参与办案的搜查人员均一脸茫然……难道是……嫌疑人自己回来拿走了卡片？

据前台人员描述，取走卡片的是一个身着黑色西服的中年男子。男子的相貌被黄色墨镜遮挡，无法辨识，但那标志性的垂额刘海儿已经足以解答警方的疑问了。

酒店还在警方的控制下，且不说 612 室内正进行着指纹检测，光是一楼大厅就有许多便衣警察进进出出。在这种环境下，工作人员毫无戒备地交出卡片并不奇怪。

但神尾警部还是把气撒在了工作人员身上：“你见过

哪个警察戴墨镜的！这不明摆着是可疑人物吗……”

工作人员一脸委屈，指着神尾身后的一个便衣道：“您身后那位警察先生，他不就一直戴着墨镜吗？”

被众人注目的警察赶忙摘下墨镜，尴尬地挠了挠头。

这个耳光打得够响亮，仅仅 15 分钟，神尾就与嫌疑人失之交臂了。此时，嫌疑人怕是已经带着卡片远走高飞了。

说到这里，小岛似乎觉得很好笑，就道：“不得不承认，这个林东策胆儿也太肥了，愣是敢往警察堆里闯。”

“嗯，确实是胆识过人。”陶展文同样感叹不已。

“对了，还有一个新发现，您一定更感兴趣，这可比那张卡片要耐人寻味百倍。”小岛卖了个关子，继续道，“我今早说的氯化钾的事，您还记得吗？后续调查的结果出来了。您猜怎么着？那杯茶水所使用的茶叶和杯子，竟然都不是酒店的东西！”

“唔……的确耐人寻味。这两样东西的出处可查清了？”

“警方还在调查，有消息的话，我会第一时间通知您的。”

小岛告了声罪，结束了通话。

一波未平，一波又起。这一连串的谜团不断地撩拨着陶展文那喷薄欲出的探索欲，哪怕妻子责备，他也硬生生地承受了。追究真相乃人之常情，置身事外、隔岸观火，才是自私自利之举。

人们时常调笑小说中的侦探多为多管闲事之辈，但扪心自问，这对一心追寻真相的侦探公平吗？如果对真相的追寻被指为“多管闲事”，那考察遗迹的考古学家、观测天体的天文学家、探求数字奥秘的数学家，是否也要被归为多管闲事之辈呢？若果真如此，这多管闲事的第一把交椅就非作家莫属了。

陶展文的探索欲源于对错综复杂人性的求知，而谋杀，正是人性的最佳投影。若非仍对人性寄予厚望，又怎么会操这份闲心呢？

3 点一过，白天的工作算是结束了。

陶展文默默地合上了棋谱。比起棋盘上的对弈，活生生的人所设下的迷局更令他跃跃欲试。他对仍在厨房中忙碌的妻子道：“我出门了。小岛若有电话来，你就告诉他，我在老朱那儿。”

可疑的兄妹 >>>

老朱应该还掌握着不少有关王同平的信息。此次的案件有两个突破点，第一个自然是死者王同平，第二个就是案发后下落不明的主要嫌疑人林东策。只要在其中一点上有所进展，就可以推动案件全局。事到如今，老朱在电话中那几句简短的说明已难以让陶展文满足了。

陶展文与老朱一直以来亲如兄弟，两人在棋盘上也是旗鼓相当。老朱在 Toa•Laud 大厦经营着一家名为“安记”的贸易公司，时值生意旺季，老朱很忙，但他也总能抽出时间陪陶展文这位大哥喝茶下棋。事实上，老朱生性悠哉，是个甩手掌柜，真正管事的是他的妻子素贞。这不，听说陶展文要来，他立刻一抹算盘，迫不及待地赶往会客室。

陶展文见不得别人邋遢，他先亲自给老朱摆正了领带，再提醒他系好西裤上的扣子。

“你是专程来这儿检查我的着装的？”老朱系着扣儿，问道。

“事关你的房东王同平……今早在电话里没聊多少，想来找你当面了解一下。”

不待陶展文说完，老朱便打断道：“在此之前，你得先跟我交个底儿，你为什么会被警察盯上？”

陶展文随即将事情的原委一五一十、有条不紊地讲了。老朱对整件事有了大致的了解后，说道：“唔，轮到我说了……我可没你那出口成章的才能，你问我答吧……咱有话先说在前头，我对老王可谈不上知根知底。”

“用不着知根知底，我也只是想简单了解下……先从他的家庭背景开始说吧。”

“老光棍一条，去年才讨了个老婆。”聊到这方面，老朱的兴致倒是挺高，“至于有没有领证我就不知道了，反正他俩都住一起了。”

“他妻子是个什么样的人？”

“是个年轻的日本女孩儿，估摸着也就二十出头，做他女儿都不嫌小了。名字嘛，好像叫弘子。对了，她还有个哥哥，是光和公寓的管理员。

“你对她这个哥哥了解多少？”

“好像叫久留岛，还是什么来着……平时不大爱说话，对人爱答不理的，才四十出头就一脸老相。”

“这么说……他是托妹妹的福，才得到公寓管理员这份闲差的？”

“正好相反，是那对夫妇沾了他的光。他在那栋公寓改姓王之前就是那儿的管理员了。若不是这个好大哥把他的小妹安排到了那光棍老王的隔壁，这便宜怕是占不了。”

“谁占便宜了？”

“老夫少妻，自然是老王占了天大的便宜。”

“弘子是什么时候搬进公寓的？”

“也就是一年前吧。她入住才三个月，就和老王勾搭上了。不得不说，那老小子真是好手段。”

“有没有可能是女追男？”

“完全有可能。”老朱明白陶展文此问的含义，深以为然地点了点头，“那女孩是一个酒吧女，玩弄男人很有一手。如今的女人眼里只有钱，哪管你岁数有多大？这世道，就是这样荒唐。”

“不要以偏概全，素贞跟了你，总不是为了钱吧？话说回来，王同平以前就没结过婚？”

“不是我想编派故友，但老王确实没什么女人缘。交往的对象是有，但发展到同居的，估计就只有弘子一个。毕竟两个人就隔着一面墙，成天低头不见抬头见的，对上眼只是迟早的事儿。”

“那王同平也四十好几了吧？或许他在香港已经成家了呢？”

“恐怕还真没有。每当我提及这个问题，他总是用‘缘分未到’来搪塞。再说了，就凭他在万成的那点薪水，要成家还真不容易。”

“年过四十的单身汉，感情生活却是一张白纸，你信吗？不说这个了，首要问题是，弘子到底有没有和他办过正式手续？”

“这怎么成了首要问题了？”

“事关遗产。”

若弘子是王同平的合法妻子，那这次案件的最大受益者非她莫属，警方也会将她列为重要调查对象。

“确实如此……”老朱深以为然。但他思忖片刻后，又抛出了一个疑问：“不对。她一个弱质女流，能棒杀一个大男人？”

“她当然办不到。”陶展文大胆地假设道，“但你有没有考虑过，公寓管理员久留岛为什么要把年轻漂亮的妹妹安排在一个老光棍儿的隔壁？”

“心怀不轨？”

“也许，王同平从一开始就被兄妹俩下了套……”

“这不可能。”老朱道，“久留岛从未赞成过这门亲事，为此，那兄妹俩几乎闹得势如水火了。”

“他为什么要反对？”陶展文问道。

“这还用问吗？无非就是年龄和国籍的问题。而且，他好像已经在老家给弘子物色了一户人家，总之，自那以后，久留岛就没给过妹妹好脸色……”

聊到这里，就算迟钝如老朱，也觉察到陶展文的提问偏离常轨了。

“老展，你这几个问题是不是有些跑偏了？据报纸上的说法，嫌疑人另有其人吧？你何苦抓着这对兄妹不放？”

陶展文点头道：“确实，照现场状况来看，凶手是林东策。但就动机而言，目前还没有任何证据可以证明他与死者有交集。你有听王同平提起过这个人吗？”

老朱思索片刻，摇头道：“还真没有。新闻说，这个林东策现居东京，老王可从没说过自己在东京有熟人。不仅如此，那小子生前经常挑东京的不是，还说自己这三年来从没去过那儿。”

“问题就在这儿。既然毫无交集，又何来的杀人灭口呢？”

“确实说不通。”

“交集一定有，只是我们没发现罢了。”陶展文道，“或许就隐藏在死者的身边呢？所以，我想试着探探久留岛兄妹这条线索，希望有所收获。”

“嗯，你说的在理。”

见老朱被说服，陶展文趁热打铁，进而对王同平的性格以及日常生活做了深入了解。老朱那零散的回答在陶展文脑中渐渐肖像化，一通问答下来，死者仿佛成了陶展文的旧相识。

老朱将死者简单地评价为“悠哉的老光棍”，此观点的依据仅仅只是王同平的经济来源丰厚，平日里无所事事。但有些细节却可以推翻这个观点。譬如说，在一次闲聊中，老朱提起孟买的绿豆减产，不久后，王同平就靠收购绿豆大赚了一笔。本来，绿豆减产只是老朱的朋友随口提起的，而王同平就靠“老朱品性敦厚”和“信息提供者为非业界人士”这两点，就确认了这条信息的真实性，并及时付诸了行动。单凭这件事，陶展文就难以将死者与“悠哉”二字搭上边儿—— 他何止是“不悠哉”，简直可以称得上“机敏果断”了。另外，王同平是个标准的“驴友”，一年中有大半时间都在外地旅游。可见此人性格开朗、积极好动，这也与“悠哉”一词相悖。

该问的都问完了，小岛正好来电。他显然是忙里偷闲拨的这通电话，语速急促地说道："那茶杯是随处可见的品种，这条线索算是断了。唯一可以确定的是，那不是酒店的所有物，估计是林东策自带的吧。"

"你见过住酒店还自带茶杯的人？"陶展文表示怀疑。

"平常人自然不会这么干，但考虑到凶手企图毒杀死者，自带茶杯并不是没有可能吧？"

"好吧……那杯里的茶水呢？"

"同样毫无进展，只知道茶叶不是酒店提供的，同样是随处可见的品种。"

小岛汇报完毕就挂断了电话。一旁的老朱问道："怎么样？还有什么想问的？说了这么多，我嘴都酸了。"

"案情就不谈了。换换心情，聊点开心事儿吧。"

"闲聊吗？"老朱面露难色，犹豫片刻后道，"如果没什么要紧的事……你看，我现在有些腾不开手……"

"也好。"陶展文也不强求，"毕竟事业第一嘛。咦？公司的事务不是一直由素贞打理吗？你忙什么？"

"脏活累活呗。"老朱不服地说道，"别看我这样，在大事儿上，她还是得听我的。"

"佩服，佩服。"陶展文调侃道。

老朱猛然起身，一提裤腰带，装模作样地捏着腔调道：

“一女不平，何以平天下！”

转眼已是晚饭时间，食堂又要开始忙碌了。陶展文并未立刻回去，他还想跑一趟案发现场。但 612 室估计还在警方的封锁中，加上警方今早的重大失误，想靠近现场怕是难上加难。即便如此，陶展文还是觉得有必要大致了解一下酒店的内部构造。

伊斯坦酒店并非独成一栋，而是位于伊斯坦会馆五楼以上的区域。会馆的一至四楼由办公室、电影院、俱乐部、食堂等设施组成。

首先得找个进入酒店的借口。赶巧了，“桃源亭”的原主厨田崎如今正是这个酒店厨房中的一员。

陶展文选择直接走安全楼梯上楼。会馆二楼是一家大型休闲厅，往返于一楼与二楼之间的人络绎不绝。继续往上走，使用安全楼梯的人就不多了。

会馆四楼是一家名为“名画剧场”的小型电影院，影院门口经营着一家与酒店同名的餐厅。电影刚散场，餐厅内人声喧闹。

陶展文找个了位置坐下，要了杯咖啡。

以同行的视角来看，这家餐厅的经营类目有些杂。既有蛋糕、三明治、热狗等西餐厅的常见食品，也有日本料理。餐厅刚开不久，店面装修算得上干净整洁，但厨房内部就完全是另一幅光景了。由于店租高昂，店方只能尽量缩减厨房空间以提升容客量。但这剜肉补疮的法子显然是行不通的，店方最后不得不含泪扩充厨房面积，以至于店面与厨房交界处多出了一块堆满锅碗瓢盆的不协调区域。

陶展文正欲深入观察，一个穿着绿色制服和白色围裙的女服务生来到这片区域，朝着厨房里面娇声问道：

“叔叔，客人要一份稻荷寿司对吧？”

得到厨房内的确认后，女孩随手从身边抽了块碟子，麻利地将已成品的寿司摆在碟子上，边走向客人边喊着：“一份稻荷寿司，来啰。”

陶展文瞧女孩的行为举止与餐厅格格不入，不由得向一旁的服务生问道：“这女孩不是你们店里的人吧？”

“她是楼上的。”服务生无精打采地道，“这小姑娘只会捏稻荷寿司，店里有人点稻荷寿司，就让她下来帮忙。”

一杯咖啡下肚，陶展文离开餐厅。楼上就是伊斯坦酒店的区域了，安全楼梯离酒店前台还隔了段走廊。

一个戴着金框眼镜的中年女士正坐在前台处，陶展文对女士道：“我要找酒店厨房的田崎，方便帮忙通报一声吗？”

“要找厨房工作人员，请到七楼餐厅咨询。”女人以事务性的口吻回答道。

酒店入口旁有一条宽敞的楼梯直通七楼，陶展文此行的目的自然不是访友，就算进不到 612 室，在门口转转也是有收获的。

安全楼梯的入口左侧是储藏室，右侧是保管室。猩红色的地毯衬着昏暗的灯光，让空无一人的走廊更显阴森。

陶展文行至 608 室门前，才察觉到 612 室的门檐下隐隐有人影晃动。很显然，这是警方的盯梢人员。不出他所料，案发现场果然还在警方的控制之下。陶展文神色自若地从警察眼前走过，途中不忘瞥一眼 612 室。可惜房门紧闭，看不出个究竟。

他步调不变，径直走到六楼前台区域。前台连接着另一侧走廊，客用楼梯与电梯都设置在这儿。

陶展文暗忖道："酒店员工就是在这里目击到前往 612 室的死者的……"

七楼就没必要去了，陶展文直接从客用楼梯回到了五楼。

陶展文对此类高档场所极其陌生。他刚到五楼，注意力就被前台一旁那看似柔软的沙发吸引住了。对未知事物有着极强探索欲的他，难以自持地朝沙发走了过去。

"稍稍体验一下而已，不妨事的。"

陶展文挑了张最靠边的沙发坐下，平日里坐惯了椅子，沙发那柔若无物的质感，让他本能地挺直腰杆，生怕陷下去。他正回味着沙发的体验，耳边传来一个男人的声音：“哎呀，这不是陶先生吗？”

不知何时，神尾警部竟站在了一边，陶展文连忙从沙发上站起，向神尾问好：“原来是神尾警官，真是巧遇。”

“您来这儿……有什么事吗？”警察的语气虽客气，却隐隐带着一分警惕。

早上才刚刚接受了盘问，如今就在案发现场被逮个正着，陶展文心中暗道不妙。

“我找这儿的厨房有点事儿。”

“哦，是吗……”警察显然没被说服。

眼前的警察不好糊弄，事后一定会到厨房探个究竟，陶展文赶忙补充道：“但想了想，还是改天再来吧。”

“为什么突然改了主意？”

“晚餐时间了，厨房里估计腾不开手。”

“您找厨房有什么事？”警察刨根问底。

“有朋友托我帮忙找一个会做西洋菜的师傅，正巧我的旧相识田崎就在这家酒店的餐厅里工作……”

陶展文态度磊落，加之报上了好友的姓名，警察这才放下戒意。见警察神色放缓，陶展文忙转移话题道：“对了，你们逮着那林东策了吗？”

听到这个问题，警察面露不愉：“他逍遥不了多久了，我们已经掌握了他的行踪……对了，我有两个同事，这会儿怕是已经到你家了。”

“你们要来，提前知会一声啊，我这就赶回去。”

“不忙，他们要找的是嫌疑人的妹妹林宝媛。”

陶展文并不担心宝媛应付不过来，但是，警方还想从她嘴里套出什么？

“你今早还没问明白吗？”他疑道。

“问答的形式终究靠不住。”警察道，“就算她无心隐瞒，言语间也难免会产生有遗漏与错觉。这不，酒店员工之间的供词就难以统一。”

“供词相悖？”

“相悖还谈不上。六楼的前台小姐断言，死者走过前台时，雨衣已经在他手中了，但有一个服务生说他看到死者是在612室门前才脱下雨衣的。”

若两个员工的供词均属实，死者在离开前台前往612室途中曾穿上雨衣，随后又在612室门前脱下雨衣，这一举动显然不合常理。陶展文问道：“会不会是其中一个员工看错了？”

“多半如此。酒店明文规定，员工对顾客的言行要非礼勿视，非礼勿言。那服务生恐怕也只是用余光扫了一眼，相较之下，前台小姐的证词更可信，毕竟她与死者正面打过招呼……”说到这里，神尾语气一顿，懊恼道，“瞧我这张嘴，真欠抽……罢了罢了，反正这也是公开的秘密了，就当是给你的见面礼吧。”

“礼尚往来。”陶展文微笑道，“现场桌上的茶杯，警方查到出处了吗？若还是没有线索，我建议，一起到四楼的伊斯坦餐厅点一杯茶如何？”

<<< 陶家夜谈

当晚，三浦达夫、朱汉生与小岛和彦相继造访陶家。

三浦从陶展文那听说了这起案件，火急火燎地就要赶来安慰宝媛。老朱是陶家的常客，他此行不为别的，只是想与棋友杀上几盘。小岛则是专程来汇报事件后续进展的，比起另外两个闲人，他是最受欢迎的，因为他提供的消息总能帮助陶展文打开新局面。

据小岛说，警方的调查重心已经转移到了东京和名古屋。东京是林东策的现居地，被列为重点区域不足为奇。至于名古屋，警方发现，嫌疑人在案发当日曾托酒店预定了一张第二天前往名古屋的特快车票。虽说票还没到手他就失踪了，但可以确定的是，他有急事要赶往名古屋。

“偌大的名古屋……不晓得警察打算从哪儿着手。”陶展文道。

“猫有猫路。找个人而已，对警察来说不在话下吧？”

“你太高看日本警察了。那个叫神尾的，太过刚愎自用了。目前称得上线索的，也就只有一颗黑痣而已。”

陶展文说完，瞟了眼坐在一旁的宝媛。当着嫌疑人妹妹的面谈论案情，让陶展文心有不忍。不过他多虑了，宝媛可不似他想象得那般脆弱。

“警方估计也乱了阵脚。继房卡一事之后，他们把最后的筹码押在了林东策在东京的住宅上，谁知到头来还是竹篮打水一场空。”

单看这天衣无缝的指纹处理，就可以笃定，这是一起预谋已久的谋杀案了。

“难道真就只能靠一颗黑痣来追捕嫌疑人了？”陶展文沉吟道。

一直保持沉默的宝媛终于开口了：“今天下午警察让我辨认了许多嫌疑人的照片，我只能凭感觉告诉他们，那里面没有大哥的照片。他们又说，眼睛、下巴、鼻子有一部分相似就行。可我们都十五年没见面了，我怎么可能记得？”

警方收集嫌疑人的面部特征，估计是想做人脸画像。

照这样看，警方是已经做好最坏的打算了。这林东策真是把警察逼入绝境了。

见前来安慰宝媛的三浦反倒闷闷不乐，陶展文关切地说：“三浦先生，你是来给宝媛打气的吧？振作点啊。”

“唉……”三浦叹道，“这几日我本想领宝媛四处逛逛的，谁知公司那头又出了事，只能再耽搁两三天了。”

“公司？和这次的凶杀案有关系吗？”

“两回事儿。不过警视厅那边让我过去配合调查，真是祸不单行。”

“警视厅……你要去东京？”

“嗯，打算明天出发。唉，要是能提前几天，还能陪宝媛游一游东京。”

“你预计在东京待多久？”

“至少两天吧。小问题而已，干我们这一行的，成天都在打法律的擦边球。”

随后，三浦将事情的原委一一道来。原来，岩佐商社涉嫌违反汇率管理法，另外还有数十家公司也面临着指控。岩佐商社的涉案金额不算巨大，警视厅那边或许会酌情处理，但吃点苦头是难免的。

为了防止进口倾销，各国的海关都设有价格壁垒。但在生意场上，竞争就意味着压低价格。若老老实实按照法律定价，采购方是不予考虑的。价格壁垒虽形同虚设，但好歹是成文的法律，就算是生意场上的常识，也容不得商户们乱来。

打擦边球的方法其实再简单不过。供货商只要出具标有合法价格的供货凭证，采购方先以公账支付合法价格，再私下补还差额即可。若涉及外汇支付，难免要钻外汇管理法的空子。这也算是业界常识了，从没有人为此心虚过。

说到这里，三浦总结道："就像食管法，要是商家们都依法办事，咱们都得饿死。"

不同于心情郁闷的三浦，小岛显得兴致盎然，他手中还掌握有不少消息都还未做汇报。老朱则一如以往地贫嘴，时不时地来几句不合时宜的抬杠。

小岛开始讲述尸检的结果，中途不忘观察宝媛的反应："死者后脑部的两处钝器伤均导致头盖骨破裂。两处都是致命伤，难以确认先后顺序。打击导致头皮破裂，出血量巨大。死者并未立即死亡，而是仰躺在地上挣扎了片刻后才断气。死者的衬衫领口有血手印，暂时推断是断气前难忍痛苦，紧攥胸口所致。现场虽说不上血流成河，但也差不多了。由于死者始终保持着仰卧的姿势，面部并没有沾到血液。但奇怪的是，死者的头发却染满了血……"

"哪儿奇怪？伤口不就在头部吗？"老朱不甘寂寞地

插嘴。

“注意，我说的是染满了血。不仅是后脑部，还包括前面的头发。”

“还有这回事？”陶展文也表示费解。

“更奇怪的还在后头，尸检人员在死者的衬衫领口内侧发现了一块条状血迹，沾染途径尚未查明……”

陶展文闭上眼睛，将新消息一一消化，自言自语道：“案发现场的状况大体成形了……”

“展大神探出马，一个顶俩。”老朱在一旁百无聊赖地调侃道，“敬请期待展大神探运用卓越的推理能力快刀斩乱麻……”

陶展文无视老朱的调侃，皱着眉头作沉思状。老朱讨了个没趣，但看着陶展文那严肃的表情，还是忍不住嘀咕道：“正所谓‘眉头一皱，计上心来’……”

直到被陶展文睨了一眼，老朱才乖乖噤声。

“关于王同平的消息还不够。”陶展文强作镇定地说，“除了你以外，还可以问谁？”

老朱口中的王同平只是个没有上色的轮廓，正如他本人所言，他与死者的交情并不深。

“容我想想，问谁好呢……”

老朱一想事儿，脑门儿上就会拧出无数道褶子，但这些褶子显然没让他计上心头。他思寻良久，才含糊道：“唔……你可以到 Toa•Laud 找大川碰碰运气，我记得老王经常到他帽店里插科打诨……”

陶展文点点头，翻开笔记本，随后态度一转，严肃地问道：“小岛，警方应该已经调查过久留岛兄妹的不在场证明了吧？”

“警察自然不会放过这条重要线索，但要从警方嘴里套出些消息，着实不易呀。”

“警方那儿套不到，你可以自己去问的。”

“您说笑了，新闻记者可没这权力。”

“你过谦了。”陶展文调侃道，“提问不就是你们记者最有力的武器吗？”

“话是这么说，但区别在于，我们是询问，警察是讯问。再说了，问及不在场证明，摆明了就是把对方当嫌犯看。一个问不好，是要吃拳头的。”

“你不妨先扔个烟雾弹？就和他们说‘你骗得过警察骗不过我’之类的话，先从气势上压倒对方。”

“这能唬住他们吗……好吧，我试试吧。”小岛还是不大情愿。

“老展啊，”老朱打断两个人的对话，“你还说你没有怀疑那对兄妹？”

“情况有变。”陶展文瞥了眼一旁沉默的宝媛，“宝媛的哥哥林东策……没有杀人。”

言者语气淡然，听者可炸开了锅。唯有宝媛，面对陶展文的爆炸性言论，只是默默地垂下了脑袋。

三浦怀疑自己听错了，反问道：“陶老板，你是说……宝媛的哥哥不是凶手？”

小岛震惊之余，开始在脑中重新推敲案情。老朱更是惊讶得嘴都合不上，更别提说话了。

陶展文没有理会呆若木鸡的众人，道：“接下来，我想再麻烦小岛帮我查一查……”说到一半，他突然改了主意，“算了，这件事恐怕得由我亲自去查。”

“老展！”老朱急了，忙叫道，“你就别卖关子了，快给我们说说，林东策为什么不是凶手？”

“时候还未到。”陶展文道，“我现在只能说，林东策十有八九不是凶手。待有了十分的把握，再细细给你们解释不迟。”

“好吧……”老朱清楚陶展文的性子，不再继续深究。

“三浦先生，”陶展文看着笔记本，对三浦道，“您明天就要去东京了吧？若是方便的话，还想麻烦您帮忙调查一下。”

“从哪儿着手？”

陶展文再次转向小岛，问道：“林东策所在的公司叫什么来着？”

“奥林匹亚物产。”小岛回答道，“他是那儿的行业顾问。”

“对的，就是这个奥林匹亚物产。同为商界人士，由三浦先生出面调查，再合适不过了。”

三浦挠了挠头，疑惑地问道：“查公司能有什么收获？”

“调查公司只是个幌子，林东策是公司内部人士，查公司实际上也就是查林东策。”

陶展文合上了笔记本，这意味着今晚的案情讨论会已经告一段落。他用茶水润了润喉，道：“不早了，今晚就到这儿吧。”

老朱首先起身，习惯性地提了下裤腰带。虽然棋没下成，但今晚不算白跑一趟。

陶展文难得出言调侃：“你早些回去吧，别让令夫人独守空房，深闺寂寞。”

“老夫老妻了。”老朱随性地扯了一把领带，“恍然二十载，红袖已消香……”

“你不怕素贞你让跪搓板？”陶展文不禁觉得好笑。

小岛与三浦也跟着起身，三浦还不忘关切地向宝媛说道：“早些歇息吧，你最近着实是累了。”

一阵道别后，安静下来的客厅里只剩下了陶展文与宝媛二人。

陶展文在宝媛对面坐下，注视着她说道：“三浦说的对，你去睡吧，别想太多。”

宝媛没有因陶展文的视线而尴尬，顺从地点了点头。

趁此机会，陶展文得以重新审视这女孩的相貌。乍一看，这是个相貌清秀的女孩，但细瞧之下，却能发现这个女孩的五官线条极为分明。特别是她那圆润的下巴，隐藏着一丝令人不易察觉的坚毅，这份深埋在本性中的坚毅只有在危机时刻才会显现。

宝媛站起身，告罪道：“那我就先去睡了，陶叔叔晚安。”

“晚安。”

陶展文的眼睛始终直视着对方，直到宝媛起身离开，他仍没有挪开视线。恍惚间，他的对面出现了一个相貌模糊的男子。垂额刘海儿，发间有一颗黑痣……陶展文正在重新描绘林东策的人物像。

有着家人引以为荣的高智商头脑，集万众期待于一身，胸怀抱负、前途光明，深信自己能学有所成、报效国家——究竟怎样的一股力量，才能让如此积极向上的青年放弃自己的学业，放弃自己的梦想？是祖国的动乱？还是金发女子的诱惑？

弃学从商绝不应被统称为“堕落”，陶展文不禁回想起了当初，自己又何尝不是如此？一家异国的小小食堂，如何承载得了他当年的鸿鹄之志？

堕落与挫折通常只有一线之隔，陶展文从这个男人身上看到了当年的自己，一个在一念之间将人生重新洗牌的稚嫩青年。

眼前的林东策就像一个久未蒙面的挚交好友，陶展文忍不住想为这个好友做些什么。

这种情感类似于报复……报复安于现状的自己，报复磨去自己棱角的世界。

<<< 幕后者

三浦达夫抵达东京后，先在东京总部露了个面，随后赶往警视厅，力求尽早解决公司事务。

“生意难做，我们能理解，但法律明摆在那儿……”

负责讯问的警察时不时露出同情之色，显然是提前做过功课，对商场规则有初步了解。但这粗浅的了解还不足以让他设身处地地为商人考虑，毕竟，没亲自在这口大染缸里浸淫过，是无法体会到商人的难处的。

几个交好的本部同事体谅三浦，看到他拖着疲惫的身子回来，他们特地为他准备了一场慰劳宴。定在银座的某家餐厅里，这里算得上岩佐商社员工的御用餐厅了。

“还好这次的涉案金额不大，总算是逃过起诉了。”

说话的是曾田课长，他以前是大阪分店的负责人。

“希望一封书面通报就能完事吧。”三浦也只能尽量往好处想了。

“若是美国那边的日元补额让警方查到，可就没那么走运了，咱们的公开账目都是按合法报价走的。”

“唉，迟早要翻船……”三浦将杯中的酒一饮而尽。

补还差额一般是以美元结算的，但美方偶尔会要求以日元结算。对此，公司自然是求之不得，因为巨额外汇往往伴随着巨额手续费。若是以日元结算，只需要一个意图在日本拓展事业，或是身负日元债务的中间人以美方的名义购买美方企业债券即可。

“不晓得你们听说了没有，”曾田课长神秘兮兮地说，“就是最近闹得沸沸扬扬的那起神户酒店谋杀案，听说嫌疑人林东策就是三光贸易与美国交易方的中间人。”

这个名字出现得那么突然，三浦猝不及防。

他犹豫着是否要将嫌疑人与宝媛的关系公开，但转念一想，宝媛前段时间来东京时一定也拜访过本部了，估计已经向本部同事打听过林东策这个人。于是，他试探性地问道：“嗯，有所耳闻。对了，香港分店的林宝媛前几天来拜访过本部吧？”

“你怎么知道的？有美来之，不亦说乎。那小美女可把公司那群单身汉迷得不轻。”

“她有没有向你们打听过她大哥？”

“没有，她大哥怎么了？”

这时，服务员上菜了，这个话题也就此打住。看来，宝媛还不至于轻率到见人就倾诉她的经历。

三浦在酒桌上通常是不愿聊工作的，但同席的都是公司的同事，话题难免会往工作上靠。

酒至半酣，三浦装作不经意地问道：“听说那林东策是奥林匹亚物产的顾问，在座的各位有谁听说过这家公司吗？”

“上不得台面的小公司罢了。”曾田课长不屑地说，“这家公司和我们公司没有业务往来，倒是和三光贸易走得挺近。林东策是那儿的顾问？怪不得会负责三光的对美业务。”

看来，可以从三光贸易这条线索着手调查。正巧，三浦在大学时的好友佐伯就是三光贸易的员工。

第二天，三浦一大早便前往三光贸易。佐伯在调查部干着一份闲差，这也怪不得他，毕竟他前几年都在与病魔作斗争，半年前才刚复职。

故友的拜访让佐伯很开心：“哎呀，稀客，稀客。”

“身子骨没大碍了吧？”三浦语带关切。

“没啥大碍了，只不过躺了几年的病床，人也懒散了。上头就给了份闲差，让我先适应适应。”

“调查部的工作很闲吗？”

“看时段吧，平日里也就是整理整理文件，这里是养老部门啦。”

许久未见，两个人先叙了叙旧。三浦见时机成熟，这才问及奥林匹亚物产一事。

“奥林匹亚物产其实就是一家贸易中介公司，我们公司和东南亚一个叫程就信的财阀进行业务往来时，由他们负责中间业务。说难听些，他们做的是空手套白狼的买卖。”

“能详细谈谈这个公司的业务内容吗？”

“你们公司也被套了吗？”

“没有，一些私事而已。”

“他们做的是无本买卖。我们公司与那程老板每年有上十亿的成交额，他们就要收走两千万的中介费。扣除人力、物力成本，每月的纯利润少说也有百万，这还不算他们其他业务收入。”

“你有没有听说，那家公司有个员工叫林东策，好像涉嫌神户的酒店谋杀案……”

不待三浦说完，佐伯就神秘兮兮地低声打断道：“这个男人可不得了！”

“怎么说？”

“我们怀疑他就是奥林匹亚物产的幕后所有者……”

“他不是顾问吗？”

“那只是名义上的，你且听我说……”

五年前，程就信赴日洽谈业务时，佐伯还活跃于业界第一线，对当时的状况自然有一定的了解。

当时，刚进军日本商界的林东策，协助三光贸易以债权转让的方式偿还了两千五百万的差额。三光贸易的大客户、婆娑罗岛商人程就信在那时恰好赴日商谈。两个人相谈甚欢，又同为中国人，中介公司一事自然是水到渠成。那之后，林东策就成了程就信对日贸易的全权代理。

程就信并未在奥林匹亚物产中占股，但他在人脉资源和业界情报上给予林东策的支援绝非金钱可衡量。公司的资本主要还是出自那两千五百万的资金。

双方的合作本还算愉快，直到前几天，林东策的名字出现在报纸上，三光才赶忙重新调查奥林匹亚物产的底细。让人大跌眼镜的是，营业登记证上竟找不到林东策的名字，甚至连顾问这个职务都没有。

“法人是谁？”三浦问道。

佐伯从抽屉中取出一张文件递给三浦，道：“这就是奥林匹亚物产主要负责人的名单。虽然上头注明董事长是库本胜一，但只是有名无实而已。”

名单上罗列着七个陌生的日本名字，确实没有林东策的名字。

“哦，对了，其中两个是他们公司的员工。林东策注册公司时，股东人数不够，就从公司借了两个名字凑数。这个董事长实际上只是个虚衔，整家公司都掌握在林东策一人手中。”

两个女员工分别叫作竹内朝子和富井明子。

“林东策和这两个女人是什么关系？”

“谁晓得。奥林匹亚物产成立之初，员工总共就两三个人，估计只是随手挑了两个名字来凑数而已。”

三浦想做笔记，又怕佐伯生疑，只能将这两个名字牢牢刻在脑中。

“真的只是员工那么简单吗？”他沉吟道。

“管它呢，你转行干侦探了？”

“你能帮我查查这两个女人是什么来头吗？事关朋友隐私，我也不好与你细说，我先替她谢谢你了……”

三浦与故友共进了午餐，又交代了一些需要调查的细节，到了下午两点，就动身前往警视厅。

公事很快得到了解决，三浦打算到奥林匹亚物产所在的三电大厦碰碰运气。他乘坐电梯至五楼，在挂有公司名牌的门前徘徊了半晌，但始终没有做好推门而入的准备，最终只好失落而归。

三浦的选择是明智的，因为在门的另一边，警方正在让员工确认林东策的人物画像。

女员工的回答十分模糊：“应该要更胖点吧……这样感觉不对。”

苦心绘制的人物画像没能发挥预计的效果，警方加重了语气：“我们可是按照库本先生和竹内小姐的描述绘制的。”

“这也不能怪我们呀。”女员工委屈地说，“这个林老师基本不在公司里露面的……”

重大发现 >>>

在三浦达夫出差的两天里，林东策仍旧行踪不明。继神户与东京之后，警方又搜遍了名古屋，但始终找不到这个黑痣男子的蛛丝马迹。

林东策那套位于东京麻布的公寓同样疑点重重，偌大的房间里只有一张孤零零的床，盥洗室内也找不到任何洗漱用品。整套公寓让人感觉不到丝毫生活气息，更别提指纹了。

不过这个疑问很快就有了答案。原来，林东策在池袋另租了一套公寓，与一个名为竹内朝子的女性同居。这个竹内朝子是奥林匹亚物产的元老级文员，林东策与她的关系在圈子里已是公开的秘密了，而且这两套公寓都是以竹内朝子的名义租借的。

警方在调查中发现，库本胜一经常来公寓和竹内朝子私会。不过，这只是某些人的“闲言碎语”而已，了解内情的人并不多。

小岛透露给陶展文的信息仅限于此。

陶展文自己也没闲着，他去拜访了在 Toa•Laud 经营帽店的大川，希望收集更多有关死者王同平的信息。

帽店老板大川是个固执传统的老男人，面对陶展文的提问，他摆出了一副事不关己的态度：“你说王当家吗？是啊，他确实经常来我店里打发时间，毕竟我们俩是老邻居了，但这也不代表我就跟他很熟吧？”

陶展文换了种问法：“你们平日里都聊些什么？”

“闲聊呗，我平日里一人看店也闷得慌，正愁找不到人说话呢。”

“闲聊……那具体内容是？”

“从邻家的狗到核试验，无所不聊。”

陶展文没辙，只能再换了个问题：“你觉得这个王当家是个什么样的人？”

见大川面露不快之色，陶展文有种预感，这两个人熟归熟，未必合得来。果然，大川的回答证实了他的预感：“他太悠哉，悠哉到有些招人烦……不拘小节，甚至有些口无遮拦。”

“口无遮拦？他说话得罪过什么人吗？”

“得罪的人多了去了。”大川郁闷地说，“我就被他得罪过……”

“他说了什么话得罪你了？”

陶展文这问题有戳人痛处之嫌，大川几乎要当场发作，但还是忍住了：“我记着这些话干吗？自讨没趣吗？无非就是挑我店里帽子的不是……这造型难看啊，那又卖不动啊。他这辈子就没戴过帽子，凭什么对我的帽子指指点点！”

“我听说他爱好旅游？”陶展文忙换了个话题。

“是啊，他是个旅行狂。但他极度厌恶东京，说那地儿又脏又臭……我说你问够了没有？别打扰我做生意！”

见大川已临近沸点，陶展文赶忙告罪收兵。

这个大川就是死者最交好的友人？显然不可能，至少他们不交心。回头想想，老朱与死者的关系不也是如此吗？

看来，死者表面上性格开朗、擅长交际，实际上却是“好友满天下，知交无一人”。想得知他的真面目，还得从他的妻子弘子身上着手。

经小岛调查，弘子已确定是死者的合法妻子。但即刻去拜访未亡人恐怕有失妥当，毕竟亡夫尸骨未寒，警方那头的压力又很大，很容易将一个女孩子压垮。经过慎重考虑，陶展文决定缓一日再做拜访。

“桃源亭”内，陶展文正在指导厨师健次掌刀，神尾警部来电话了：“陶老板，我们可真得好好感谢你了。那茶杯，还有那茶叶，真的都是出自会馆四楼的伊斯坦餐厅！”

“果然不出我所料，那这条线索派上用场了吗？”

“派上大用场了！要不我也不会专程给你电话致谢了。”

“那就好，能帮上忙，我也很开心。对了，我明天打算造访王同平的家，你若是真承我的情，可愿意抽出时间陪我走一趟？”

警察犹豫片刻，但还是勉强应承了下来。

饭点已过，陶展文正准备打烊，令他翘首以盼的小岛总算是来汇报情况了。

“要命了。”小岛先讨了杯水，随后惊魂未定地说道：“差点挨揍！那老小子看着挺孬，不想却是个狠角色……”

原来，小岛依照昨晚的计划，在久留岛面前虚张声势了一番。

“你和警察说，你于案发当晚 7 点用过晚餐后，就一直在大川帽店打发时间，到 9 点才回家。你没说真话吧？”

小岛刚扔出烟雾弹，久留岛就当场发作了：“你到底是什么人？是谁派你来这儿信口雌黄的？”

听了小岛的陈述，陶展文疑惑地问道：“他这反应是不是有些过激了？”

“可不是嘛。所以我事后还专程去大川帽店确认了一下，可惜，他还真没说谎。”

“又与那帽店有关吗……对了，弘子有不在场证明吗？”

“王太太的不在场证明更是天衣无缝，案发当晚的 6 点到 10 点，她都与酒吧的同事在一起。两个人先后去了牛排店、咖啡厅，之后又去三宫吃了天妇罗。”

“这也太能吃了。”

“她没撒谎。”小岛无奈地说道，“和她一起的女同事雅子能为她做证，她们还在咖啡厅和三宫遇见了熟人。”

“路过伊斯坦酒店杀个人，花不了多少时间的。”陶展文坚持着自己的观点。

“话虽如此，但警方可从未考虑过久留岛兄妹这条线，他们一门心思都在林东策那条线上呢。”

“可以理解。”

“还有，警方在查遍了山阴的所有温泉旅店后，开始怀疑王同平在死前的一周里，根本没有去过山阴。”

小岛带来的消息就只有这些了，唯一值得关注的是死者山阴之旅的真实性。

尸检也陷入僵局，警方真是无从下手了。

不过第二天，一条意想不到的线索为搜查打开了新局面。

这天，陶展文与神尾约定10点半一同造访王家，警察也正好有些遗体的相关细节要询问家属。正巧，兄妹俩都在家中。陶展文有警察撑腰，待遇比起昨日的小岛自然是大有不同。

陶展文再次问及不在场证明，但依然没能引出新的线索。这样的问题无疑是在质疑警方调查的权威，见神尾面色不愉，陶展文忙改口问道：“死者的携带品里有什么线索吗？”

“暂时没有。”神尾无奈地摇头。

调查至今，林东策依旧是最主要的嫌疑人，但警方仍未查明死者与嫌疑人之间的牵扯。神尾这次来，也盼着能挖掘出一些与动机相关的蛛丝马迹。死者与嫌疑人，一个在神户，一个在东京，两个人之间唯一的交接点就是那家伊斯坦酒店。

陶展文来到死者的卧室，首先映入眼帘的便是排满男用化妆品的镜台。他拿起一瓶法国进口的发蜡，问弘子：“您家先生外出旅行时，不带这些化妆品吗？”

“带的，不过他带的是小瓶装的。”

但在案发现场并未发现死者的行李，像死者这样的资深“驴友”，出门在外通常是轻装上阵，一个背包足以应付。

“小瓶装？就是这种品牌的小瓶装吗？”

“老王只用这种牌子的发蜡，他在这点上可是讲究的很呢。”

在警方面前，弘子极力保持着作为未亡人的矜持。但毕竟是个年轻时尚的女孩，谈及化妆品，语气还是难掩兴奋。陶展文不禁心起疑窦，这对老夫少妻的感情，究竟建立于怎样的基础之上？

这样想来，眼前这女孩不就拥有最大的作案动机吗？她既是死者的合法妻子，死者的遗产自然少不了她那份。

陶展文将这种可能性暂搁一旁，问警察：“神尾警官，能不能拜托你们检测一下，遗体头发上的发胶，是否与这瓶子里的成分相同？”

神尾一时猜不透陶展文的想法，但前面有茶杯的事，他还是点头应允了。

陶展文随手从一旁的书架中抽出了一本旅游杂志，认真翻看了介绍山阴地区的页面。制订旅游计划也是驴友的乐趣之一，但死者出发之前显然没有对目的地做什么了解。陶展文先后翻看了所有的旅游杂志，介绍山阴的那几页均未发现翻动的痕迹。

难道他并不是通过旅游杂志了解山阴的？说不定他随身带了几本杂志呢？

陶展文原本只想从杂志中找到些横线与记号，却无意间在书页之中发现了一条突破性的线索。

陶展文取出夹在书页中的纸片，递到警察眼前，道："重大发现来了……"

神尾看向陶展文的眼神愈发地怪了。他扫了眼纸片上的内容，不由面露喜色。

收 据

一年租金（三〇二室） 玖万陆仟日元

昭和三十×年二月一日

太田信平先生

名古屋市东区芳野町

东海庄公寓

其实警方的搜查尚有一块巨大的空白，那就是嫌疑人与被害者的交接点。目前，除了国籍以外，两个人之间还没有出现任何共同点。这张收据的出现，或许能将两个人联系在名古屋这个城市中。

嫌疑人曾托酒店预订过去名古屋的机票，而被害人则持有名古屋某家公寓的收据，甚至连详细地址都为警方准备好了。神尾难掩内心的兴奋，道：“这太田信平一定就是死者的日本名字！”

“嗯，发音相似，而且都带有一个平字，应该就是死者的假名。”

神尾将收据递给弘子，问道：“弘子小姐，您的丈夫曾租过名古屋的公寓，您知道这件事吗？”

弘子也难掩惊讶之色：“老王什么时候去过名古屋了？我完全不知道呀……这张收据会不会是别人的？”

神尾有些迫不及待，立刻起身道：“不管是不是了，这条线索一定要深究到底！”

嫌疑人预定的机票将线索引向了名古屋，但在偌大的名古屋寻找一个人，无异于大海捞针。而这张收据，就像大海中的灯塔，为警方指明了方向。

见警察那恨不得立刻飞回警局的急迫劲儿，陶展文忙提醒道：“别忘了把发胶也带上！”

<<< 僵　局

第二天，小岛带来了警方在名古屋的调查成果。

收据上所写的东海庄是一栋五楼的单身公寓，302 室位于三楼走廊的最深处。公寓的住户多是早出晚归的工薪族，平日里均是见面不相识，更没人去在意 302 室里居住的是什么人。

公寓的房东表示，太田信平于二月初入住，并预付了一年的租金。据太田本人所言，他之所以租公寓，是因为他时常会来名古屋出差，想在本地找一个固定的长期居所。房租已经到手，房东自然不会再去关心 302 室的情况。根据房东对太田信平的外貌描述，警方基本可以确定，这个太田信平就是被害者王同平。

但在室内进行的调查却让警方扑了个空，所有的衣箱橱柜均空无一物，屋内最惹眼的当属桌上的便携式保险箱，但很遗憾，里头同样空空如也，只有几枚指纹残留，证明死者生前曾在此处逗留。

死者长期租借这套公寓的目的仍然是个谜，弘子的疑惑也不似作假。她虽为阅历丰富的酒吧女，但同时也是个藏不住心事的年轻女孩。她是否说谎，警方一看便知。

毋庸置疑，这间公寓里埋藏着死者的某种秘密。嫌疑人在案发前欲赶赴名古屋，怕是与这个秘密脱不了干系。

有了上回的教训，警方的这次调查行动进行得极为隐秘，还在公寓周边安插了许多暗哨。

到了午餐时间，从东京回来的三浦达夫在陶展文的食堂露面了，他带着歉意说道："抱歉了，短短两天时间，我没能查出多少。但我已经托东京的朋友佐伯帮忙调查了，现在只能等他的信儿了。"

陶展文明白三浦的难处，自然不会责备他。三浦先将他了解到的奥林匹亚物产相关信息做了简单的叙述，最后说："更详细的情报只能寄希望于佐伯了。"

"真的非常感谢你，你给的信息已经能帮上大忙了。"陶展文郑重地说。

临近打烊，小岛也带来了东京方面的后续进展。随着警方的深入调查，六条线索逐一浮出了水面：

一、林东策不常在奥林匹亚物产露面，每月也就出现两三天。

二、林的情妇，即竹内朝子，在案发当时（10月26日晚8点前后）正在中野给朋友庆生。

三、案发当日，奥林匹亚物产的员工，除了到外地出差的库本，均在东京。

四、奥林匹亚物产的董事长库本胜一今年四十二岁，独身。于案发前两日出差冈山，与秋永产业进行商谈。

五、案发当日下午5点至晚10点半，库本都与秋永产业的员工在一起。第二天，他乘坐7点22分发车的“雾岛号”列车，于傍晚抵达东京。

六、林东策的交际范围并不广。警方考虑存在共犯的可能性，但调查的着力点仍在林东策本人身上。

汇报完毕，小岛总结道：“综上所述，警方在东京的搜查也陷入僵局了。”

陶展文回到家，来到了二楼的阳台上。神户一角的繁华夜景尽收眼底，他疲惫地倚在围栏上，眼中尽是斑斓的灯火。

灯火象征着人类生活。就算在深山僻野之中，一缕灯火也能带来无限生气，遑论居民上百万的神户。在夜幕的笼罩下，灯火斑斓的城市就像一幅描绘繁星的抽象画。在陶展文眼中，璀璨的灯火虽美，但那或明或暗的光芒中却蕴藏着人生百态、喜怒哀乐、爱恨情仇……

一种莫名的冲动袭上了陶展文的心头，他想向疲惫的灯火发出安慰，向嚣张的灯火发出警告。但他突然又想到，自己何尝不是这万般灯火中的一员？这种冲动又何尝不是人性那脆弱的一面？

“灯光真美……”

身后传来感叹声。陶展文回过头，不知何时，宝媛也来到了阳台上。女孩那雪白的面庞在不断变化的灯光下忽明忽暗。

陶展文道：“可是，在灯光下生活的人却未必像灯光那般纯净无瑕……”

宝媛不由得将视线转向了陶展文。阳台上很昏暗，这个中年男人的存在感却是如此强烈。

大川帽店并没有安装霓虹灯，二楼窗户中露出的微弱灯光自然传不到陶展文眼中。

而帽店老板大川，此时正青筋暴跳地忍受着妻子的埋怨。

帽店的老板娘正值更年期，她用自以为冷静的语气对着大川埋怨道：“小声点儿！你想让孩子们听见？”

大川自知理亏，喉头一噎，没有出声。

“你眼里就只有朋友、朋友！你还跟警察说谎！你，你就不怕被警察盯上？到那时候，这家店怎么办？我怎么办？孩子怎么办？”

见妻子越说越激动，大川忙训斥道：“谁的声儿大了？你给我小声点！”

妻子这才意识到自己的失态，一时悲从心来，哭道：“你，你就有本事凶我……骗其他人还好，警察是你能骗得住的吗？”

“出了什么事，我一人担着。你们女人知道什么？久留岛小哥对我有大恩，他的请求，我能拒绝吗？”

“那你也不能……”妻子嘤嘤地抽泣了起来。

“警察？哼，你太高看那群草包了。从案发到现在，他们还一次都没来找过我呢。”

“前些天来找你的那壮汉，不会就是便衣吧？”

“胡说八道！那是‘桃源亭’的老板！”

“那，那个新闻记者呢？”

“那小子哪儿像警察了？你别操闲心，凶犯已经确认另有其人了。”

“那这些人为什么还要来找你？难不成，难不成那久留岛是共犯？”

“你呀你……你给我听好了，老王生前不是常来我这儿打发时间吗？他们来找我了解一下情况，有什么奇怪？女人，真是头发长见识短。”

话虽如此，大川却越说越觉得事情不大对头。

“服了你了。”他似是要安抚自己心中的疑虑，故意做出很有底气的样子，道，“我到久留岛小哥那儿问个清楚，这总可以了吧？”

“你可得问详细了。告诉他，警察还没来找过我们。万一真被警察问起……我们没钱没势的，可不敢摊上官司，还得请他谅解……”

大川不想再听妻子的唠叨，快步溜了。

从陶展文家的阳台上勉强能看到光和公寓四楼的灯光，至于一楼管理室的灯光，早已被周围的高楼掩盖了。

光和公寓距帽店不远，加之大川走得急，不过片刻功夫，他就在管理员室里了。

久留岛看到这气喘吁吁的不速之客，疑惑地问道：“大川老板，有事？”

“久留岛小哥，你……”

大川一时语塞。虽然来这儿的路上，他已经将两个人可能进行的对话在脑中演习过数遍了，但乍一实战，脑中还是乱成了一团糨糊。

大川心有愧疚，不敢直视久留岛的眼睛，他一咬牙，叹道：“久留岛小哥，你在我最落魄的时候拉了我一把，我打心底里感谢你的恩德。你的请求我本该义不容辞的，但这次事关人命案……”

大川说着说着，就成了一颗漏了气的皮球，声音小得连自己都听不清了。

久留岛却渐渐目露冷色：“大川老板，你不必拐弯抹角，听你的意思是不想帮我隐瞒了对吧？”

“不，你误会了。我心里是一千、一万个想帮你的，只是，这人命案……”

“你怀疑是我干的？”

大川忙不迭地摆手，辩解道：“不是的，不是的，我只是……”

“我解释得难道还不够清楚吗？这起案件与我毫无瓜葛。你也别问我案发当时在哪儿，我现在是不会告诉你的。事到如今，你突然变卦，置我于何地？”

久留岛的语气不紧不慢，却好似从沼泽深处发出的咆哮，低沉得令人窒息。

大川的额头上渗出了密密的一层细汗：“我懂，我懂，但是……”

他语气中的抵抗十分无力，听上去不堪一击。若非妻子苦苦纠缠，他是决然开不了这个口的。

帽店的生意很是凄惨，营业额低得可怜，基本是由几顶女帽苦苦支撑的。现在，像王同平那样不戴帽子的人还是占了大头，就连大学生也不爱戴毕业帽了。从祖上继承下来的家业败也就败了，但期票的偿还却由不得他拖延。每当他筹不到钱时，久留岛总会施以援手。

久留岛只是区区公寓管理员，自然没有能力替人偿还期票。但通过他妹夫王同平这层关系，他就得到了一笔信贷资金，专门以低利息贷款给身边有信誉的人。至今，他已经救过大川很多次了。

眼瞅着下个期票日又近了，这节骨眼儿上，得罪这位财神爷显然是不明智的。大川不停地抹着额头上的细汗。

大川不敢悖逆自己的意思，对此，久留岛有十成的把握。他趁热打铁道：“别不吭声，帮不帮，你倒是说句话呀。”

说句实在的，在场的两个中年男人都谈不上有什么气场。但大川好歹也算个小老板，商人气质浑然天成。微蹙的眉头略显偏执，却也展现出一店之主的气场。反观久留岛，消瘦的面庞衬上高耸的颧骨，无一不诉说着主人的阴沉与厌世。若硬要在两个人里分出个高下，恐怕还是大川略占上风。

但现在，大川却在久留岛面前充当着弱者，其原因显而易见——金钱。久留岛之所以强势，倚仗的是死去的妹夫的财力，或者说倚仗着他那做了未亡人的妹妹更为贴切。

以金钱作纽带的人际关系就是如此纯粹。

一面是法律，一面是金钱，大川的脑海中天人交战，久留岛却将他的沉默当成了拒绝，冷然道："哼，说到底，你还是不情愿。"

不待大川辩解，久留岛继续道："要不这样吧？我退让一步。我可以向你发誓，我绝对没有参与这起案件。你也知道，警方已经确定凶犯了，即使有警察来找我们，也只不过是走个过场而已。再说了，他们到现在还没去找过你吧？我晓得你心里有疙瘩，毕竟关乎人命……你不是一直想知道我案发时在做什么吗？我告诉你就是了。"

久留岛也不理大川是否答应，自顾自地往下说："你知道的，我结过婚，但因为两个人性格不合，就离了。前妻和一个工薪族再婚了，我也希望她今后能幸福。但这两年不是闹股市危机吗？前妻亏了个血本无归，私房钱用尽不说，还欠了一屁股的外债。最主要的是，她到现在还瞒着自己的丈夫。上回见面时，她向我诉苦，我见她那么憔悴，就动了恻隐之心，承诺先贷给她一笔钱，允许她慢慢还。案发当晚，我就是去给前妻送钱了。而且，我俩是瞒着她的丈夫偷偷见的面。你说，这事儿我在警察面前开得了口吗？我老光棍儿一条，顶多被戳一戳脊梁骨。但前妻怎么办？她的丈夫会怎么想？事到如今，只能一瞒到底了。你能明白我的难处吗？”

“原来是这么一回事儿……你早说嘛。”

“明白了？”久留岛满意地点点头，“这件事儿你可得给我保密啊！”

“放心吧，我的嘴可严着呢。”

平心而论，久留岛讲的这个故事有些俗套，但大川需要的显然不是解释，而是面子。久留岛的示弱给了他莫大的满足感。

警方既然已经在缉捕凶犯了，自然不会有闲功夫去深究久留岛的不在场证明。至于妻子那边，只能想办法蒙混过关了，毕竟，迫在眉睫的期票可蒙混不得呀。

“唉，不帮不行啊。”大川不无抱怨地想。

若把眼前的大都市比作舞台，斑斓的灯火犹如聚光灯，而作为演员的人们，就在聚光灯下表演着生活的一幕幕。

从陶家的阳台上仅能看到神户的一角，而远在千里之外的东京也上演着同样精彩的一幕。

新宿的一家酒店中，林东策的情人竹内朝子仅着一件贴身睡衣，正慵懒地躺在床上。

库本胜一坐在床边，问道："确定没被人跟踪吧？"

床上的女人媚笑道："放心吧，咱们又不是第一次了。"

"我这不是担心你被警察盯上吗？"

"我都不怕，你怕什么？"

"说真的，这些日子咱们还是尽量少见面为好。"

"瞧你那胆儿。"

"情况有变嘛。咱俩的关系要是这会儿暴露了，可就不是被说句闲话那么简单了。"

库本说完，开始宽衣解带。

朝子将双腿并拢，缓缓抬起，单薄的睡衣下，肉感白皙的大腿隐隐若现。见男人对自己的撩拨视若无睹，朝子娇嗔道："还不来？"

"等等。"库本起身，从上衣口袋中取出了一张明信片，"我得先给冈山的笹原写封感谢信。"

朝子没有放弃，香艳地摩擦着高抬的双腿："你确定要现在写？”

“给我5分钟，马上完工。”

库本看见朝子的美腿，一时起了坏心思，将枕头搭在朝子抬起的脚底上，欲当桌子来用。朝子娇笑道：“别闹……”

库本觉得自己等不了5分钟了，不由得加快了笔速：

启信安好：

前日出差贵地，受阁下热情招待，鄙人不胜感激。

返京前夜的“吉备路”一游，鄙人终生难忘。返京后，工作繁忙，疏于回信致谢，忘见谅。盼阁下来京之日，报阁下招待之恩。

寥寥数笔，以表谢意。

朝子将脑袋搭在库本肩头，见他收笔，问道：“就写这几句话？”

“足够了。”库本在明信片的背面写上了收信地址：

冈山市上西川町

秋永产业株式会社大楼

笹原伸二 收

朝子不由得重复了一遍刚才的疑问："真的就只写这么点儿？"

"这是要寄到他公司去的，不能多写。"库本将墨迹吹干，迫不及待地关掉了电灯。

与此同时，远在冈山的"吉备路"酒家中，笹原伸二正向同席的年轻女孩举杯道："久喜子，今儿财主没来，我请客可没上回那么大排场，你可别怨我招待不周。"

他的面庞看上去稚气未脱，却露出了久经夜场的笑容。

视角转回观众席，陶家阳台。

陶展文对聚精会神地观察夜景的宝媛道："三浦先生家住须磨，从我这儿是看不到了。"

宝媛沉默良久，低语道："大哥现在会在做什么呢？"

佐伯的调查 >>>

警方安插在东海庄附近盯梢的人并没有得到什么有用的情报。全国通缉、虚拟画像……任警方布下天罗地网，仍然捕捉不到一丝林东策的踪影。

小岛处心积虑从警方口中套出的消息一次次地朝陶展文的热情上泼凉水。或许，嫌疑人早已逃亡海外了，陶展文想。这想法与警方不谋而合。事到如今，警方只能把希望寄托在林东策的情妇竹内朝子身上。不言其他，单为竹内朝子名下这两百平方米的市中心土地，林东策就不可能与她断绝往来。

在警方对竹内朝子的一系列监视中，并未发现嫌疑人现身，反倒是发现了库本胜一与这女人之间的私情。

值得一提的是，警方竟专程来电告知陶展文，死者遗体头上的发胶与在死者家中发现的种类并不相同。看来，警方对数次施以援手的陶展文还是十分感激的。

三浦在返回神户的第三日就收到了佐伯的信件，事关奥林匹亚物产的调查结果，三浦在第一时间将信送到了陶展文处。

在得到三浦的准许之后，陶展文当即拆开了信封：

见信如晤。前日久别重逢，因君来去匆忙，未能聊得尽兴。盼有朝一日，你我事业有成，能得闲暇与君把酒言欢。

君似对奥林匹亚物产一事尤为挂心，我不欲深究原因。尽绵薄之力，为君分忧便是。

早在一年前，我司的长田就受人之托调查过奥林匹亚物产以及林东策其人。所幸，这个长田如今尚在我司调查部任职，这份调查资料可谓得来全不费功夫。

调查成果大致如下，如有已获知之处，请见谅。

如近日被推至风口浪尖的补偿差额一事，我司亦不能免俗，欠有巨额的对美债务。其中，我司欠纽约卡朋特商会的差额多达七万美元，也就是两千五百万日元。

林东策在美国替我司偿还了七万美元的差额，实现了债权转移。他欲在日本开展事业，通过此途径，可以轻易地与业界翘楚的我司结成贸易伙伴关系。

按理说，林东策必须持有美方签署并盖章的代付证明，我司才会承认债务关系，毕竟我司与林东策在此前从未有过交接。但卡朋特商会似与林东策交往不浅，委托林东策亲自带来了证明副本。文件齐全，我司偿还了两千五百万日元。

也正是这时，来自南洋的大财阀程就信在我司与林东策邂逅。两个中国人意气相投，加之程就信有意在当地寻找对日贸易代理，奥林匹亚物产就在我司的洽谈室内应运而生。

有了这层关系，奥林匹亚成立之初，我司也是竭尽全力地扶持，提供“虚名股东”只是其一。加之林东策个人的努力，不出一年，奥林匹亚物产就脱离了我司的扶持，步入正轨。

但林东策是典型的遇事三分热，只愿体验艰难的创业期。企业稳定后，就开始着手挑战其他领域。他本人也深知自己这一性格特点，所以只给自己安排了“顾问”这样暧昧的职务。

自那以后，林东策又以情妇竹内朝子的名义涉足房地产事业，但同样是浅尝即止。林东策这个男人总是在幕后操纵着一切，他一定在暗中策划着更为惊天动地的事业。

长田在笔记中是如此评价林东策的："潜力无限，行事低调，有朝一日除去伪装，定有惊为天人之举。奥林匹亚物产与房地产仅是牛刀小试，难称大业。"

接下来的一年中，在圈内人看来，林东策毫无作为。长田对林东策的私生活，尤其是他与情妇竹内朝子的关系，也做了深入调查：

竹内朝子，二十八岁（如今二十九岁）。奥林匹亚物产元老级文员，虚名股东之一，于公司成立八个月后率先辞职，成为林东策的情妇。顺带一提，公司的创立元勋已悉数辞职，目前仅余库本胜一一人。竹内朝子貌美，绯闻不绝，公司成立之初就与库本胜一关系暧昧。据可靠消息，两个人至今仍暗中幽会。林东策不常露面，两个人甚至敢在公寓中私会。至于林东策每月给竹内的包养费，暂推定在七万元上下，其中不包括公寓租金。

由此来看，竹内朝子此人行为不端。通过她在奥林匹亚物产任职时的工作态度，其为人品性可见一斑。长田的笔记中有此评价：平均每月旷班四天，比生理周期还准。

鄙人与竹内朝子素未谋面，却亦能对其品性猜出三分。在我司的B•G群里，此类自恃貌美而妄自尊大的女性不在少数。殊不知在外人眼中，乃哗众取宠的小丑。

受君之托，鄙人自然不可能用现成的资料来糊弄了事。经亲身调查，鄙人掌握了一条新情报——朝内与库本早在奥林匹亚物产成立之前就保持着男女关系。竹内朝子从前在一家名为滨口油漆的公司任职，而库本则任职于我司旗下的东邦工机。两家公司位于同一栋写字楼，两个人的私情，或许该说是感情，就是在那时萌生的。

鄙人亦专程探访了滨口油漆的女员工，切莫误会，只是工龄二十余年的中年妇女罢了。从她们口中得知，竹内在公司里基本没有女性朋友，却有着绝佳的异性缘。

竹内本人深知自己对异性的吸引力，因此对同性的看法不屑一顾，甚至常常语出伤人。女同事对她的评价只有简单的三个字——施虐癖。

目中无人，口不择言，出口伤人却浑然不觉，招人厌恶却从未在意。将身边人视作陪衬，视作垫脚石——这是鄙人凭借多年识人经验对此女的见解。不知君赞同否?

竹内朝子接近林东策的目的是求财无疑。且不提国籍上的障碍，首先，这林东策在相貌上就没多少优势可言，性子甚至有些木讷。卡朋特商会曾在介绍信中这样评价林东策：“寡言少语，不善交际。然一旦深交，定会为其绅士风度所吸引。”

但是，比起此类深层次的男性魅力，在生性放荡的竹内朝子眼中，雄厚的财力显然更有吸引力。她与林东策的关系显然已获得库本的默认，也不知这正牌男友心中究竟作何感想。将实名与虚名两个董事长玩弄于股掌之上，这女人端得好手段。

在众多股东中，仅有一名叫富井明子的女性与林东策的关系尚未查明。长田的笔记中只记载了她的基本信息："富井明子，五十二岁，现居板桥区XX町，原在当地经营旅馆。其夫卒后不久，转让旅馆，购置民居数栋，以租金度日。其子去年毕业于R大商学部，现就职于K制纸公司。其女已嫁作人妇。富井爱财，人送外号'催租婆'。与林东策的关系尚不明。"

另外，附呈上奥林匹亚物产的结算明细，望详参。其司规模虽小，却因人事精简，效益甚高。

以上便是此番调查的成果。若有他问，请再作联系。

寒冬将至，请注意保暖。君之挚友，佐伯敬上。

见陶展文收起信件，三浦语带期待地问道："怎么样？佐伯提供的信息还算有用吧？"

陶展文面不改色，不缓不急地道："派上大用场了，请代我道声感谢。"

"那就好。你还有什么要求，尽管提就是，我这老友办事还挺靠谱的。”

“容我想想……对了，信中提到了卡朋特商会的介绍信，如果可以，能否提供全文？”

“这不涉及企业机密，没问题的！我马上联系他，请他寄一份副本过来。”

“还有，一年前是谁委托长田调查林东策的？这点在信上没说清楚。”

“介绍信，委托人……还有吗？”三浦索性取出纸笔做起了笔记。

“还有就是……算了，就这么多。”

见陶展文欲言又止，三浦疑惑地问道：“怎么了？”

陶展文点了支烟，神秘地说：“这事儿连警察也拎不清，更别提这位佐伯兄弟了。”

<<< 失约的嫌疑人

下落不明的林东策终于在案发一周后慢慢浮出了水面，警方对竹内朝子夜以继日的监视总算没白费。

当天，竹内朝子于晚 8 点离开公寓，乘坐地铁离开东京。虽然她一路小心，但终究未能掌握“反侦察”的真谛。殊不知，那显眼的白色手提包就足以让她暴露在便衣警察的监控视野中了。

在八重洲口下车后，竹内朝子开始三步一回头，行为举止愈显慌张。进入某条巷子里后，其慌张神情更甚，明眼人都能瞧出她行径可疑。在巷子中徘徊了许久，她终于狠下心，钻进了路边一家叫作“音乐咖啡阿罗哈”的咖啡厅中。

负责盯梢的便衣立马跟了进去，店内灯光暧昧，客人比想象中的要多，而且大部分是窃窃私语的情侣。

竹内朝子坐在一个不起眼的位置，时不时低头看表，显然是在等人，怕是来这儿与库本胜一幽会的吧？但直到她的咖啡杯见底，所约之人还是没有现身。

为防万一，便衣在竹内朝子外出时就向本部请求了支援。他在咖啡厅中等待了半小时，前来支援的同事才匆匆赶到。

两个便衣忙交换了个眼色："目标在哪儿？"

"坐那儿呢。"

"在等人？"

"我快睡着了，换岗吧。"

两个便衣换岗后，又是长达一个小时的等待，竹内朝子在此期间要了一杯奶油苏打。苦等一个半小时后，她终于放弃，失望地去前台结账了。

据便衣观察，在换班后的一个小时中，竹内朝子先后抬表二十三次，其焦急不言而喻。

竹内朝子离开咖啡厅后，原路返回至池袋的公寓。观其神情举止，似对所待之人的缺席甚为不满。她抵达公寓后，警方当晚的监视任务也总算是告一段落了。

往常竹内朝子外出，无非就是游玩、购物、幽会。但这次的咖啡厅之行却让负责盯梢的便衣们难以释怀—— 她去等人了！最重要的是，这个人到最后都没有现身。

果不其然，警方经过深入调查发现，竹内朝子当晚所约之人并非库本胜一。库本当天身在热海，就算竹内朝子在事先没得到他的通知，在约定时间前后也会互相联系吧？再怎么样也不至于让竹内朝子在咖啡厅里苦等一个半小时。

能让竹内朝子苦等良久却无法主动联系的，只有一个人，林东策。

第二天一早，警方专程派了个警部对竹内朝子进行试探："林东策最近有联系过您吗？"

"没有啊。"

竹内朝子强作镇定，但那一丝心虚终究无法瞒过经验丰富的警部。警部突然加重语气，欲突破对方那脆弱的心理防线："你确定？"

而竹内朝子的反应让警部有些意外，因为她竟激动地反驳道："你这态度是什么意思！觉得我在撒谎？"

久经沙场的老警部自然不可能被如此做作的虚张声势唬住，他将撒泼的女人晾在一旁，开始观察周围的环境。

竹内朝子披散着长发，外衣简单地搭在肩头，显然是刚起床不久。警部的视线被那个放在椅子上的白色手提包所吸引，问道："恕我冒昧，能让我看看那手提包吗？"

见警察不接招，竹内无可奈何，只能忿忿地道："你要看，我还能拦你不成？"

竹内似乎找到了反驳警察的宣泄口，她抄起手提包，粗鲁地扯开袋口，开始理直气壮地一一罗列包中的物品："看清楚了！你觉得淑女的袋子里能放什么？无非就是钥匙、镜子、口红，还有……"

她伸入包内的手戛然而止，神情也是一滞，随之面露心虚。虽然这不自然的间隔只有短短一瞬，但仍未逃过警部的法眼。不过，下一秒，她就已经取出了包中之物，故作自然地说道："当然了，还有钱。"

她那纤长的手中，竟抓着厚厚的两捆钞票！

谁会随身携带着成捆的钞票出门消遣？更何况是竹内朝子这样时尚靓丽的年轻女性。她手中的钞票有两捆，而手提包里还有一捆。

一捆大概十万，三捆钞票总共三十万，警部仅一眼就估算出了大致的金额。

通过对竹内朝子的探访，警方基本确定了嫌疑人已返回东京的论断。至于这三十万现金的来源，警方自有一套推论。谁知，当天下午，库本胜一就为这笔现金带来了合理的解释。

库本来访警视厅之前，还谨慎地做了事前通知："事态严重，我这就去找你们商量。"

就算身在警视厅，库本仍担心隔墙有耳，小心地将情况一一道来。

"昨儿下午，竹内朝子小姐接到林东策的电话了。林东策说自己没钱花了，让竹内小姐火速准备三十万现金，并交代她于晚上 8 点在八重洲口的咖啡厅等他。竹内小姐知道此事非同小可，欲找我商议。不巧的是，我当晚远在热海。竹内小姐念及旧日情分，最后还是决定帮这个忙……但她在约好的咖啡厅里等了一个多小时，林东策始终没有现身，她只得放弃。"

库本喘了口气，趁机暗中观察三个警察的神情，随之压低声音，继续道："谁知，林东策今天中午竟又来了电话，他责怪朝子小姐昨晚报了警。任竹内小姐极力辩解，他还是半信半疑。最后，他又交代了新的见面地址，嘱咐竹内小姐务必一人前往。其实，竹内小姐是打心底里不愿意出卖林东策的。但她一介弱质女流，怎能与通缉犯周旋？在我百般劝导下，她终于勉强答应由我出头将事情的原委告知警方。一方面，她不愿背负出卖情郎的骂名，另一方面，她怕林东策就在暗中窥伺着她的一举一动……”

一番陈述下来，库本如释重负。这可不是份好差事，毕竟林东策既是竹内朝子的情人，又是自己的顶头上司。若处理不当，难免会落个里外不是人。

在场的警察压抑住内心的兴奋，沉着地问道：“那他们这次见面的地点和时间呢？”

“时间和昨晚一样，8点半。地点是日本桥二丁目的一家叫‘摩卡’的咖啡厅。”

库本走后，警方立刻开始制订逮捕计划，并在事后联系了库本，交代了几点注意事项。

任谁也无法料到，昨晚的行动竟然与嫌疑人失之交臂。于是乎，昨晚的两个便衣就莫名其妙地成了上头的撒气包：“你瞧瞧你那眼神，不明摆着告诉嫌疑人自己是警察吗？今晚的行动，没调整好自己的眼神就不要来了！”

对此，两个便衣只能自认倒霉。

逮捕计划没什么特别的，无非就是在店内店外安插暗哨。唯一称得上“创新”的一点是，所有暗哨都是精心选拔出来的“眼神过关”的警员。尤其是店内的两位，穿着嘻哈裤，口哼爵士乐，可谓伪装到了牙齿。

在警方眼中，林东策已然是囊中之物，警视厅甚至向神户的调查组放出豪言：“林东策将于今晚就捕！”

咖啡厅“摩卡”俨然是“阿罗哈”的翻版，宽敞的店面被昏暗的光线所笼罩，留声机中放出的古典音乐也无法掩盖不绝的窃窃私语。

8点20分，竹内朝子现身咖啡厅。昏暗的环境难掩她焦虑的神色，纵使她生性泼辣，到了这节骨眼儿上也难作镇定了，明眼人都能瞧出她内心的忐忑。

她那被通缉的姘头马上就要现身了，店里的警察是她委托库本找来的，而她马上就要背负上背叛的骂名了。重重的压力一齐袭来，足以将她压垮。

她又开始频繁地看表了。若昨夜的两个便衣在场，定会发现其神情举止比起昨晚来又焦躁了数分，毕竟昨日她并没有意识到警察的存在。

8点半，8点33分，8点35分……林东策依旧没有出现。

令人窒息的紧张气氛持续了半个小时，9点马上就要到了，负责店内的一个年轻警员显然坐不住了。他开始不停挪动臀部，口中的爵士乐也如念经一般索然无味。眼看马上就要换岗了，他不禁犯起了嘀咕：“难道是我的眼神太‘警察’，把嫌犯吓跑了？”

一时间，他对自己眼神的自信有轰然倒塌之势，便慌忙甩头，想赶走这不祥的念头：“不对，要露馅儿也轮不到我，一定是外头的草包同事出了岔子！”

“你说说你哪里像警察了？”女友的埋怨又回响在了耳边，这时倒让他暗自窃喜了。

换岗的同事来了。这个同事的眼神勉强算是过关，但松垮的嘻哈裤却未能掩盖住他双腿的健硕——这显然是个柔道好手。

同事给了他一个眼神：“该换班了。”

年轻警官有气无力地起身，叼起一根烟，回以一个无奈的眼神：“看来今晚又白忙活啰。”

反观竹内朝子，她早已是如坐针毡。她的双肩随着呼吸剧烈地起伏着，似是在诉说她此刻的焦躁。

年轻警官的预感倒是应验了，警方今晚还真扑了一场空。

转眼就到了 10 点，一个头戴黑色软帽的便衣看似不经意地来到柔道好手跟前，低声道：

“收队。”

柔道好手如蒙大赦般地伸了个懒腰，静坐一小时也真是难为这位莽汉了，他宁可在道场里挥汗如雨。

“唉，真是份苦差事……可惜了，鱼儿没上钩。”

他大步流星地走到竹内朝子跟前，低声道：“小姐，今晚就到这儿吧，有劳您了。”

竹内朝子不认识眼前这个大块头警察，但毕竟是因为自己才让警方干等了一个晚上。她略带歉意地垂下脑袋，盯着空酒杯发呆。

不过警方没有放弃最后的希望，一直尾随竹内朝子抵达公寓后，这才无奈收队。

这次抓捕行动的失败，让警方不得不重新审视迄今为止的调查路线。但有一点是毋庸置疑的，那就是林东策就潜伏在东京周边。

可喜的是，名古屋方面传来了捷报。警方在中区的一条水沟中找到了王同平的旅行袋，弘子曾帮丈夫整理过袋中的行李，她可以确认，包中之物一样不多，一样不少。

这个新发现说明了一个事实，那就是死者从一开始就没打算去山阴地区，而是直奔名古屋而来的。

这么一来，警方也有由头来安慰自己了："咱们又离真相进了一步。"

这话倒是不假，神户方面貌似也抓到了新的突破口。这天，警视厅的调查小组收到了一封来自神户的调查求援信：

伊斯坦酒店一案，神户警署请求支援：

奥林匹亚物产股东富井明子从亡夫那里继承了一家旅馆，望总部协助调查其明细。

“这是谁委托的支援？”

“不清楚，古泽老大刚刚来过，可能是他吧。”

“难道神户方面也抓到了什么线索？”

“但愿如此。”

若他们得知这封委托竟是一个食堂老板发出的，一定会大跌眼镜吧。

<<< 破碎的伪证

在警方看来，林东策的罪名是板上钉钉的，但中央日报的记者小岛却深信陶展文所说的，林东策并非凶手。要是此论断站住了脚，警方这些日子以来的调查结果将被连根拔起。

暂且不提林东策，首当其冲的嫌疑人是因丈夫亡故而获得巨额遗产的弘子。但是，弘子的不在场证明可谓完美。案发当晚，有两个女伴陪她玩到深夜。其中一人与她一样，也是三宫某酒吧的陪酒女，另一人是某家公司的高层领导。身为一个久经沙场、识人甚广的新闻记者，小岛可以笃定，弘子这边绝没有做伪证的可能。

他将视角转向其兄久留岛欣吾。妹妹发迹，身为兄长的他同样是既得利益者。但很遗憾，久留岛的不在场证明也坚不可摧。关于这一点，小岛还亲自到大川帽店确认过。唯一让他介怀的，是老板大川那愤慨的态度。

大川生性传统耿直，可以说是实心眼、一根筋，按理说是不会撒谎的。小岛总觉得，这份愤慨之下隐藏着某种深意。就像是在痛骂说谎的自己？或是在掩盖自己的心虚？看来，很有必要再会一会这个帽店老板。

中午，小岛再次来访问大川帽店，恰逢大川出门出席社区会议。帮忙看店的是他那神经过敏的妻子，她面露戒备之意，问道："你又来干什么？当家的不在。"

老板娘的态度让小岛更加笃定其中必有隐情。

陶展文并不能完全确定林东策不是凶手。对此，小岛形成了一套自己的猜想——酒店的女服务生看到的可疑男子或许并非林东策？那名女服务生可从未断言过她见到的确是林东策本人。案发酒店有安全楼梯，有没有可能是在林东策通过安全楼梯离开酒店后，被害者才来访，并在客房内遇害？至于真凶是何时抵达现场的，也无关紧要了。只要利用安全楼梯，谁都可以悄无声息地出入酒店。

但这一推论尚存在两点漏洞：第一，死者或真凶是如何进入客房的？难道林东策出门时没锁门？第二，林东策既非凶手，为何要在案发后潜逃？

这两个矛盾无不动摇着推论的根基，陶展文的论断尚需要无数的假设与猜想来支持。于是乎，久留岛的不在场证明就变得尤为关键了。以小岛目前掌握的信息，王同平死后的既得利益者，就只有这对兄妹了。

小岛不放过对方任何一个细微的表情变化，开口问道："太太别紧张。我这趟来，只是想再确认一下上回问的事儿。"

大川的妻子仍未放松警惕，问道："你不是警察？"

"您误会了。我上回也自我介绍了，我只是个新闻记者。"

"你不是来审问我丈夫的吧？"

"当然不是。"

大川的妻子信了几分，犹豫半晌后，怯怯问道："你懂法吗？我问你个事儿……向警察说谎，算犯罪吗？"

"算，这种行为涉嫌做伪证。"

"如果对方不是警察呢？"

"这……还真算不上犯罪，只是……"

"只是什么？！"大川妻子忙问道。

"无论对象是谁，说谎终归不好。"

"这我也懂，我懂……"

见眼前的中年女人动摇，小岛忙趁热打铁地说道："但这回可不一样，毕竟你们包庇的人可能是个罪犯。”

“你……你都知道了？”

果然不出所料——小岛自满于自己的机智，不由得得意一笑。

这一意味深长的笑容让大川妻子心中打了个突，她忙不迭地坦白道：“是久留岛小哥，他不想惹麻烦，才拜托当家的这么说的。当家的一根筋，又不懂拒绝，所以就……”

这就是久留岛的不在场证明？自己竟会被如此脆弱不堪的伪证耍得团团转？小岛汗颜道：“警察也相信你们了？”

这也正是大川妻子的心结所在：“警察还没来找过我们。所以，我们还不算犯罪吧？”

“不算不算，您多虑了。”

“就是嘛。当家的之前是骗过你们，但经我一顿好劝，他答应我，若被警察问起，他会说真话的……”

“唔，那就好。”

“你……你不会就是警察派来的吧？”

“您多心了。”

“那还得求您别声张出去，当家的知错了，他会向警察说实话的。”

“嗯，我会守口如瓶。”

“我这当家的，就是死脑筋。朋友的请求，无论好坏，都不晓得拒绝的……也不想想，这可事关杀人案件呀，若惹上官司该如何是好……”

“随口一问，大川老板案发当晚在做什么？”

“当家的那晚一直在家，没有出过门。”

“那久留岛呢？确定没有来过吧？”

“嗯，我拿性命担保。”女人的语气不容置疑。

真相大白了！幕后真凶果真便是久留岛欣吾。但案情尚未明朗，为免打草惊蛇，小岛决定继续暗中调查。他千叮咛万嘱咐道：“夫人，警察来之前，您最好别把这件事对外声张。另外，我今天与你的对话，可千万得瞒着久留岛。”

小岛离开帽店后，径直前往“桃源亭”。一来，此时已是午饭时间；二来，他是迫不及待地要把这一突破性进展告知陶展文。

让人意外的是，陶展文竟不在店中。陶夫人节子满怀歉意地说：“老陶今儿偷懒，带着宝媛姑娘到修法原散心去了。难为您还专程跑这一趟，真对不住。”

小岛出神地搅弄着碗中的拉面，脑中开始制订稍后的计划：一切准备就绪后，便去找久留岛吧。当然，不能一见面就兴师问罪，必须先旁敲侧击，寻找可以击垮其不在场证明的突破口……

一碗拉面见底，小岛点了支烟。案情的突飞猛进让他心中犯虚："如此粗糙的不在场证明，怎么就瞒住了这么多人？"

但转念一想，也只能扼腕叹息。毕竟，警方完全就是在林东策这条线上孤注一掷，反倒被区区新闻记者给抢了先机。当然，也不排除他撞了狗屎运的成分。

此时此刻，大川帽店内的气氛几乎可以用"剑拔弩张"来形容，紧张到了极点。

桌上摆满菜肴，老板大川却无欲动筷，正青筋暴跳地怒视着面前的妻子。妻子对此浑然不惧，辩道："咱俩那天晚上不都说好了吗？"

"我只答应你，不对警察说谎！"

"对警察，对记者，不都一样吗？"

见妻子拒不认错，大川怒不可遏，吼道："区别大了去了！"

妻子强装镇定，讥讽道："哼，我早看透你了。就算警察真来了，你一定也会替久留岛小哥隐瞒！"

"你简直不可理喻！"大川一把抄起了筷子。

"怎么？你想用那玩意儿砸我？"

大川意识到自己的失态，不由地松开了筷子。积攒的怒气无处发泄，他抄起茶水，一饮而尽。

“这回又换茶杯了？”

大川已无心与妻子再做争吵，此时此刻，他满脑子全是期票的期限与金额。他恨不得扇自己一个耳刮子，自己为了这个家操碎了心，却落了个里外不是人的下场。

而他没有意识到，自己只是在一味地逃避而已。其实，他若能把他与久留岛之间的经济往来和久留岛案发当晚的动向跟妻子摊牌，并顶住妻子的压力将承诺践行到底，哪儿还会闹出这么多不愉快？

但事实是，当时他苦于如何说服神经敏感的妻子，为了避开这个麻烦，就选择了一条更为崎岖的弯路，也就无可避免地造成了今天这样的后果。

若是那记者找到久留岛，只需一句话——大川否认了你的不在场证明。那后果……

此时此刻，大川连肠子都悔青了。他自暴自弃般地将茶杯往桌上一砸：“他奶奶的！听天由命了！”

“哎哎哎，小心我的桌子！”妻子反倒是重拾镇定了。

修法原散心 >>>

亲大哥被指控谋杀，且下落不明，作为妹妹的宝媛虽未及于乱，却难免闷闷不乐。

陶展文能做的，只有极力安慰女孩：“放心吧，你大哥不是凶手。”

对此，女孩只能回应以疲惫的微笑。

“去登山吧，换换心情。”

女孩不愿拒绝陶展文的好意，点头答应了。

六甲山道路平坦，是开车兜风的胜地。特别是直通神户市区的再度山区域，更受当地兜风一族的欢迎。陶展文决定就近带女孩到再度山转转。

兜风车道的隧道入口就在移民收容所的西侧，隧道一旁的小道通往追谷墓园。穿过隧道，周围的景致顿时给人一种远离俗世的错觉。透过车窗往外看，海滨都市神户仿佛就在脚边。

辄访山的金星台上坐落着一个瞭望台，陶展文在这里叫停出租车，向女孩介绍道："再往上爬就瞧不着市区了，这儿是眺望神户市的最佳视角。"

此时秋高气爽，晴空下的神户市区一览无余，宝媛感叹道："好狭长的城市，而且，好大啊……"

登高远望时，辽阔的景观通常会让人窒息，因为雄伟的景色往往能衬托出观景之人的渺小。若是在东京，放眼望去只有无穷无尽的钢筋水泥，怕是会让人望而生畏。

相对的，同样有某些观景，贫瘠、单调、乏味，令俯视之人心生蔑视——这什么玩意儿?

而眼前的神户却是个异类。其景致既无威严，亦非卑微。市区空有面积，却难称得上漫无边际。都市止于海岸，海面亦被纪州群山与淡路岛屿所环绕，天地仿佛被局限在这一空间之中。简言之，眼前的神户与其说是一座都市，倒不如说更像个悠闲的小镇。这显然正投陶展文心中所好，他愉悦地问道："怎么样？这个城市不错吧？"

宝媛不由得好奇地看向这中年男人，问道："陶叔叔很喜欢神户吗？"

"喜欢，非常喜欢，毕竟在这里待了这么多年了。"

“对我来说，就算再中意，也是异国他乡。”

“怎么了？住得不习惯？”

“倒不是这个原因。”宝媛解释道，“只是，我的潜意识总在提醒我，这里是外国，我只是个外人。”

严格来讲，对陶展文来说，又何尝不是如此呢？不过因常年居住于此，他早就将此地当成了自己的第二故乡。他感慨道：“无论在哪儿，生根后都是家。”

“您不思念祖国吗？”

“时不时吧。”

陶展文不易察觉地瞥了一眼女孩的脸，此时此刻，她一定是在思念五年间一直了无音信的亲大哥吧。

在瞭望台上休憩了片刻，两个人重回出租车，通过再度山的兜风车道直达修法原。

穿过充盈着秋日气息的再度山，两个人在修法原下车，漫步于遍地松子的山间小道。

修法原以修法原池闻名，此时虽是工作日，这里依旧是客满盈门。池中央懒洋洋地浮着数艘小船，看上去相当惬意。陶展文建议道：“我们也去划船吧？”

“好呀，我还没体验过这种小船呢。”

自案发以来，宝媛对陶展文的依赖与日俱增，大有全盘托付之势。至于理由，陶展文心中敞亮。女孩那镇定的外表下，隐藏的是早已透支的内心。否则，她不会去依赖一个认识不足一月的中年男人。

陶展文将小船划到池中央，秋日的阳光毫无保留地洒在池面上。此时已是深秋，空气中已经泛起了一丝渗骨的凉意，这让南半球出生的宝媛不由得缩起了肩头。

陶展文见状，便停止操桨，关切地问道："怎么？冷吗？"

"还行……"女孩摇头，但那笑容显然有些勉强。

"你来日本，没多备几件衣服吗？"

见宝媛未听明白这句日语，陶展文继而解释道："日本的气候可不同于香港。到了十一月，气温便会急转直下，不多备些御寒的衣物可撑不住。"

"哦哦，您说是厚衣服啊？我自然是带了的。前辈们把日本说得跟北极似的，我连冬天穿的皮大衣都带来了呢。"

"那就好……"陶展文继续划船，"我还以为你忘了带厚衣物，到这边了，才开始亡羊补牢。"

"亡……亡什么？"宝媛又听不懂了。

"我见你每晚都摆弄那缝纫机，还以为你在临时赶制衣服呢。"

这个误会有些离谱，宝媛下意识地想起身否认，但狭小的船身可由不得她乱动，她勉强保持了个不坐不起的怪异姿势，解释道："我只是想学习一些日本先进的裁缝技术。我这趟日本之行，可不单单为了游山玩水，总想着能不能捞些收获。呵呵，穷人思维，请见谅。"

这个话题令女孩心中的郁结稍稍舒缓了些，她久违地露出了开朗的笑容。

不知不觉，小船已临岸。陶展文安慰道："宝媛，我现在还无法给你保证，但还是请你相信，你大哥绝不是杀人凶手。"

"承您吉言吧……"

见女孩沉默，陶展文抛出了让他纠结已久的疑问："宝媛，你早就知道你大哥不是凶手了吧？"

"我当然希望这样……"

"不是希望。你有确凿的证据，可以证明林东策不可能犯案……我说的对吗？"

宝媛迫于陶展文那洞悉一切的眼神，不由得撇开了脑袋。

两个人沿着岸边游览了一圈后登了岸，陶展文揉了揉略微麻木的双腿，感叹道："世间不如意事十之八九……但也正因如此，世人可以随波逐流，免于处处算计。"

宝媛不由得阖眸，欲消化陶展文此言中的深意。

修法原周边便是森林公园，除去红黄交织的秋叶，大部分树木依旧保持着仲夏时的葱郁。但若细心观察，便会发现其颜色与夏季的嫩绿有着略微的不同。世人亦如此，人心难测……

外国人墓园的大门紧闭，二人只能原路返回。过去，这个墓园是对游客开放的，但因为靠着墓碑吃便当等不道德行为层出不穷，墓园负责方不得不加强管理。陶展文幽默地说："就算客死他乡，也不愁无安息之地。对了，这儿是给洋大人们准备的，中国人的地盘得更往西，在梦野那一块儿。"

宝媛却笑不出来，她首次在陶展文面前表明了自己的意愿："陶叔叔，我们回去吧。"

陶展文没有回答，自顾自地接着说明："日本人的寺院也愿意供养中国人的尸骨的。"

这时，一个毫不知晓避讳的女声突然从身后传来："陶师傅！"

陶展文回头，发现叫自己的女人竟是舞娘多魔子。她身着红色毛衣与深色牛仔裤，挎着片刻不离身的竹篮，正快步朝这头走来。陶展文寒暄道："真是奇遇。你的身子好些了？”

“托您的福，好多了。”女人歇了口气，这才注意到陶展文身边的宝媛，好奇地问道：

“这位是？陶师傅的……女友？”

“这玩笑可开不得。”陶展文苦笑，“这位是我家的客人，来自香港的林宝媛小姐。”

女人热情地向宝媛伸出右手，用英语问候道：“How do you do！”

“这位是宫地多魔子……”

不待陶展文介绍完毕，多魔子已攥住宝媛的手，上下摇摆起来了。

突然出现这么一个风风火火的女人，宝媛有些措手不及，这样古怪的握手方式倒也是生来头一遭。

与宝媛寒暄完，女人敏捷地一扭腰身，再次面向陶展文：“刚才聊到哪儿了？哦哦，我感觉自己已经痊愈啦！您可真是神医。您看，我现在是运动自如……”

多魔子并拢双腿，当即在原地展示了数次芭蕾式跳跃。

“那便好。对了，我按电报上的地址给你把药寄过去了。你吃了吧？见效吗？”

“何止见效，简直救我了一命！我那天还以为自己熬不过去了，还请了一天的假。谁知，第二天一早吃了您的药之后……您瞧瞧我现在这状态。”

“见效便好。”

“我还没吃，单是见着您的药，浑身就舒坦了。”

“哈哈，那完全不是我的药的功劳嘛。”

“不对不对。您的药，单是闻闻味儿，就能包治百病。”

“谬赞啦。你这是打算去哪儿？”

“哎呀，糟了，一聊起来便忘了正事儿。我还赶着去拜访当地的一个好友呢，我得先告退了。”

女人富有韵律地鞠了一躬。她那丰满高大的躯体，在陶展文眼中，却只是一副易碎的空壳。问题是，女人那乐观开朗的言行是否出自真心？她难道真的对自身的病情未有察觉？

恐怕她早已察觉到，自己已时日无多了吧。这异常的言行或许只是在自欺欺人。见女人强颜欢笑，陶展文心有不忍。

“两位，回见啰。”说完，多魔子掀开竹篮的盖子，“我的朋友也想和大家道个别呢。”

女人的朋友——斑纹蛇，缓缓从篮中冒出了脑袋。

“蛇！”宝媛不禁抓住了陶展文的胳膊。

斑纹蛇竟乖巧地朝两人垂了垂脑袋，似在问好。

“别怕。这蛇是经过特殊驯化的。”

陶展文先安抚了女孩，随即责怪多魔子道："不了解情况的人会被吓坏的，你这样……"

话未说完，一阵酸楚袭向陶展文心头，他读懂了女人此举的意图。多魔子，一个与蛇共舞的脱衣舞娘，她这样的女人一旦离世，当即就会被世间之人遗忘。不仅如此，世人还会选择性地抹杀她在尘世中留下的痕迹。唯一可以证明自己存在过的方法，就只有狠下心肠，在对方脑海中划出一道不可磨灭的伤痕。于是，她开始不择对象地使用这个办法，就算对方是来自香港的陌生女孩。多年后，她回忆日本之游时，一定会记起那个在修法原用蛇吓唬自己的女人吧。

"哈哈，抱歉抱歉，我忘了有小姑娘在场。陶师傅，原谅我这次吧，我自罚倒立……"

未等二人反应过来，女人已将竹篮搁到一旁，双手往地上一摁，当即双脚朝天倒立了起来。这样还未结束，她那高抬的双脚，如空中漫步一般开始前后摆动。陶展文悲悯地目睹着这一切，身旁的宝媛也未露笑颜。

血液的倒流让女人满面通红，但她仍吃力地笑道："别人道别挥手，我道别挥脚。二位拜拜啰。"

经过一日奔波，当晚宝媛早早地便上床歇息了。陶展文却毫无困意，对一得空闲便漫步于神户街区的他来说，修法原那点短短的路程远不足以让他感到疲惫。

但他那充沛的精力还是没能熬过老朱的消耗。若老朱仅是安安静静地下棋倒也罢了，烦就烦在，他在落子前后总会插上一句自诩精辟的评语。譬如说现在吧，见到陶展文拔了自己的马，老朱捂着胸口做痛苦状，道："骨肉相离，肝肠寸断！"

陶展文不胜其烦："安静下棋，瞎号什么？"

但老朱仍未收敛，尤其在顺风局，插起评语来简直是变本加厉了。

就在陶展文郁闷地吃了三连败时，小岛的到访无异于是救命稻草。他将日间在大川家取得的进展告知了陶展文。

陶展文早已被老朱磨得身心俱疲，有气无力地说："哦哦，久留岛欣吾的不在场证明是假的？有意思，有意思……"

陶展文一副事不关己的样子，反倒是小岛一头热。

小岛献完宝，继而汇报了警方的调查进展——警方仍致力于对林东策的追捕，甚至在一次埋伏行动中，与林东策失之交臂。

"可惜，真可惜。"陶展文仍然慢条斯理的。

见陶展文还是那副不温不火的样子，小岛有些急了："林东策并非凶手这一论断，是陶师傅您首次提出的吧？"

小岛有些居功自傲，但如果没有陶展文的推论做前提，他也不可能揪出证言中的漏洞。

"嗯，我是这么说过。"

"那您心中一定有凶手的预备人选了吧？"

"还没有……"

"您觉得这久留岛会是凶手吗？"

陶展文点头道："推翻了久留岛的伪证，你确实功不可没。但你走了与警方一样的极端主义——做伪证的可未必只有久留岛一人。"

"您尽管吩咐，接下来要我去查谁？"

"哈哈，有自信是好事儿。看你这势头，是打算把所有相关人士的不在场证明都彻查一遍吗？"

"查一个算一个吧。干我们这行的没啥优点，就是不怕跑腿。"

"这趟跑腿可不好意思交给你，毕竟你有工作在身，不方便离开神户本地。"

"调查对象在东京？"

"是的，准确地说，是在冈山。"

陶展文翻开笔记本，上面记载着奥林匹亚物产董事长库本胜一的不在场证明。

10月24日　乘坐特快列车“飞燕”号，赶往冈山公干。下午5点46分抵达冈山，与秋永产业营业课长会面。当晚，于“吉备路”酒家就餐后，住宿于“叶村”酒店。

10月25日　早上与秋永产业进行商谈后，于冈山会馆共进午餐，并婉拒了对方的晚餐邀请。拒绝的理由是，欲抽空制订合同，写出差报告书。

10月26日（案发当日）早间，与秋永产业正式签署合同。午后，在秋永课员屉原伸二的陪同下，考察了春山纺织与木下染工两座厂房。从傍晚5点起至晚间10点半，与屉原与“吉备路”饮酒作乐，回到旅馆时已11点多。

10月27日早7点22分，乘坐特快列车“雾岛”号，自冈山返回东京。秋永产业营业课长与课员屉原伸二至车站相送。18点20分抵达东京，警视厅派人与车站对其进行盘问。他在抵京前，曾提前给办公室打过招呼。

陶展文收起笔记本，略加思量后道：“冈山那边就交给我吧，我有别的任务想托付你。”

“您尽管吩咐。”

“我想麻烦你调查一下，事先便知晓林东策将入住612 室的都有谁。奥林匹亚的员工自不用提……调查的重点还是要放在公司外部人员身上。”

“明白，我会动用一切关系网来查清此事。”

<<< 冈山之行

宽敞有序的街道是冈山的特色之一，尤其是车站至石山公园的路段，稀疏的建筑分布让这一特点更加明显。

提到冈山必游的景点，排在首位的当属后乐园。这座庭园绿竹环绕，三步一祠堂，五步一庙庵，与京都名胜桂离宫有异曲同工之妙，且交通便利，与冈山站相距不过数里。自神户出发，经过两个小时拥挤混杂的电车之旅，多数游客会选择在站前的咖啡厅小憩片刻后再出发。不过，陶展文和宝媛不想等待，径直乘出租车赶赴后乐园。

后乐园坐落于旭川的中川岛，据说建造于三百多年前的备前藩池田纲政时代。庭园中央有一个名为“泽之池”的池塘，周围青草丛生。

见此美景，宝媛不由得深吸一口气：“好美，空气真好。”

乍一看，这只是个再寻常不过的户外庭园，但与香港的名胜胡文虎庭园相比，却多了一种清新之美。胡文虎庭园以地狱极乐图为蓝本，虽具艺术性，但也难逃恶俗之名。不过在这点上，陶展文的观点与世人相左。在他看来，后乐园美则美矣，但这人造光景实在难称“自然”。反观胡文虎庭园，同样是人造光景，其水泥构造对“人造”这一事实丝毫不加掩饰，反倒没有那种矫揉造作的感觉。

后乐园里随处可见的凉亭和庵庙也难以博得陶展文的好感，因为它们总让陶展文脑中浮现出一个场景——盆栽工匠纠结于亭子建在哪儿，苦恼道：“亭子放哪儿好呢？放这儿？不行不行，太没特色。放那儿？不好，太俗气……”——此情此景，与“自然”简直背道而驰。

见宝媛醉心于眼前的美景，陶展文不忍泼冷水，附和道：“是的，好美。”

一路西行，陆续路过延养亭与鹤鸣馆。鹤鸣馆建筑面积很大，恐怕那盆栽工匠也无法轻易移动。陶展文期待在那儿欣赏到超越人类审美的自然美景。但天不遂人愿，延养亭正在修整，二人被一块“禁止登山”的警示牌拦住了去路。

陶展文哭笑不得，眼前的小土丘竟也被称作“山”。同样是人造山，坐落于庭园中央的“唯心山”显然稍胜一筹，最起码登顶得花些力气。整面山坡都被映山红覆盖着，有伪造五月花期之嫌。

从山顶眺望庭园，可以发现道路、水流、植被均统一地呈蜿蜒状，无一处不透露出设计者的别有用心。

宝媛也察觉出了其中的不自然，疑惑地问道：“这庭园的景色不会都是在原有的地形基础上人工添加的吧？”

“你猜对了。”

“怪不得……”

唯心山背面有一块种满凤尾松的平地，两个人就在此处小憩。头顶是荫凉的枫叶，陶展文点上一支香烟，指着眼前的凤尾松群，道：“这儿和胡文虎庭园一样，换汤不换药罢了。”

宝媛顺着陶展文指的方向望去，发现凤尾松的底端竟安置着几根水泥支柱。

“您是说那些水泥支柱？”

“是的。设计者的良苦用心确实值得我们体谅，但他们忽略了一点，所谓自然，便是顺其自然。”

“您说得在理。”

“放在人身上也是一样，要是一个人要通过外部支撑才能残喘于世，能有什么好结果？”

“但若拆去这些支柱，岂不少了观赏性？”

女孩眼睛中闪过一丝睿智，陶展文感慨道：“为了做给世人看吗？你倒是一语中的。”

唯心山右手边是茶园，据说此茶园尚存有茶女哼着民谣素手摘茶的风俗，可惜收获时节已过，陶展文没能一睹这唯一称得上有血有肉的景致。至于一旁的慈眼堂与茶馆，在陶展文看来，仅有一瞥带过的价值。

宝媛就不同了，这次日本之行实属难能可贵，差旅费又高，她恨不能将在这里的见闻都刻在脑海里。每当女孩细细品味景点时，陶展文就安静地在景点外等待，这也算是一种无声的抵抗吧。

对陶展文来说，陪同宝媛游览后乐园仅是顺道罢了，这次冈山之行的首要目的是调查库本胜一的不在场证明。

根据证词，案发当时，库本正与秋永产业的屉原伸二在外共饮。这就好办了，只要从屉原伸二着手即可。

两个人离开后乐园，陶展文将女孩领到了一家叫“芳兰轩”的中华料理店。这儿的老板是广东人，算是宝媛的半个老乡。用过餐，陶展文对女孩道：“你先在这儿歇着，我去处理些琐事儿，一个小时内回来。”

陶展文有把握，只要一个小时就能尘埃落定。

秋永产业位于冈山车站附近的上西川町。

陶展文在前台递上了名片，让接待小妹通知屉原伸二前来一见。在等待途中，陶展文从接待小妹口中得知，这家企业除去正式员工，另有事务系统职员五十余名，也算小有规模。

片刻后，大厅中出现了一个身材纤长、穿戴得体的青年。他面带疑惑地看着手中的名片，走进接待室问："请问阁下是？"

陶展文得以近距离观察这青年。精心打理的黑发在额间整齐地分开，合身的深色西装，谦恭的举止更是无可挑剔。他的面容略带稚气，未开口就让人心生三分亲近。

对方原来是这样涉世未深的小年轻，陶展文暗自庆幸，若换成个奸猾的老油条，怕是得让宝媛久等了。陶展文想着，直奔主题道："鄙人冒昧来访，想向您请教一些关于库本董事的事儿。"

屉原似是很意外这个名字的出现，不解地问道："库本先生？关于他的什么事？"

"关于他在返京前晚的行踪……"

"阁下究竟是？"

对方的警惕并无可疑之处，毕竟陶展文所递交的名片上仅印有姓名与住址。陶展文避开对方的质问，按照事先在脑中拟定出的剧本，以忠告的口吻道：“鄙人此趟前来是想提醒屉原先生您早作提防，以免今后被卷进不必要的麻烦。”

“阁下何出此言！”

见对方面露慌乱，陶展文趁热打铁：“事出紧急，恕鄙人长话短说。库本董事返京前晚，在神户所发生的事，您是否有所耳闻？”

不出所料，屉原茫然地摇了摇头。

据小岛的汇报，库本在证词中早就提及屉原这个人，但警方在林东策的追捕上孤注一掷，对库本的不在场证明仅是一笔带过，更别提专程派人至冈山与屉原接头了。陶展文只得先给屉原介绍案情：“库本先生返京前晚，神户发生了一起谋杀案。一个住在神户的中国人在宾馆的客房中遇害，而这间客房的租客林某于案发后下落不明。”

“我记起来了，这起案件好像在报纸上也刊登过吧？我记得标题是中国实业家行踪不明什么的……”

“对。失踪的林某就是奥林匹亚物产的顾问。”

“哦？还有这么一回事儿？”

“警方自然对奥林匹亚物产的所有相关人士进行了排查，库本胜一声称自己在案发当晚与您同席于酒家‘吉备路’，但有人目击他曾现身于其他地点。”

屜原的视线在陶展文脸上停留半晌，又扫了一眼手中的名片："阁下……是警察？"

"不敢，鄙人只是被卷入麻烦中的一人罢了。"

"唔，好吧。"

不知是青年生性洒脱，或是陶展文的气质易引人信赖，总之，屜原不打算对陶展文的底细再做追究了。

"若这事儿传到警方耳中，怕屜原先生也脱不了干系。"

屜原面露为难，但显然已打算老实交代，便道："库本先生此举完全是为了成全我。再者，他好歹是一社之长，若被人家知晓他出入'3S'剧场，影响终归不好……"

"'3S'剧场？"

"是一家脱衣舞厅。"屜原这时候倒是毫不避讳了。

"若被警方问到，我建议您还是实话实说，别为这种小事挂上做伪证的罪名，不值。"

"警方应该不会来盘问我吧？库本先生又不是凶手。再说了，警方不是一直在搜捕那个林某吗？"

"两头的证词要是对不上，也只能徒增嫌疑。"

"库本先生那边也打算如实坦白了？"

"若目击者出面，由不得他不说真话。"

"敢问这位目击者是？"

见眼前这诚实的青年被自己诓得惴惴不安，陶展文心有不忍。但事到如今，他只得硬下心肠道：“现阶段，目击者只将此事告诉了我。要是他告知警方，只怕过不了多久警察就会杀过来了。”

屈原瞧向陶展文的眼神中陡然多了分敌意，陶展文知道对方误解了，忙笑着解释道：“您误会了，我并不是在威胁您。我此行只是为了梳理案情，假如此事真的无关痛痒，我让目击者隐瞒就是了。”

见青年因自己的承诺如释重负，陶展文心中的愧疚愈深。他再次狠下心，诱导道：“如何？您可否如实告知当晚的详细情况呢？若与事件无关，自然无需让目击者出面。鄙人的原则便是多一事不如少一事。”

青年显然将陶展文误认成了私家侦探之流，陶展文也顺水推舟，装足了侦探的派头。

屈原打量了一眼周围，故作轻松道：“此处不便详谈，您要是不嫌弃，可否赏脸到外小酌一杯？事情闹到这地步，全得怨我……警方要追究，就追究到我一人头上好了。”

二人移座至对面的咖啡厅，屈原将事情的原委一一道来。

屈原伸二是秋永产业营业课员工，频繁因公务至东京出差。因他在京事宜均由奥林匹亚物产负责接待，屈原早已受之有愧。于是，在去年春天到东京出差时，他省下了部分差旅费，设宴招待库本作为回报。

库本出差冈山的第一晚，接风晚宴便定在“吉备路”，屉原还专程请歌女久喜子前来助兴。这个久喜子是屉原好友的妹妹，亦是他的心仪对象。但屉原一介工薪族，尚无财力照顾女孩的营生，只能在公司宴请来宾时尽量请她来助兴。屉原向库本吐露了自己与女孩的关系，库本拍着他的肩膀道：“上次你在东京请了我一回，我岂有白吃白喝的道理？要不这样吧，我改天也请你一顿，你尽管把那女孩叫来。”

屉原自然是推辞，若是应了邀，回头又得以公款设宴作回报了。见青年态度坚决，库本提了个折中之策：“难得与心仪女孩见面，身边却多一个灯泡，多没意思呀！就你们俩单独处处不好吗？你看这样成不成……你还是花公家的，请女孩来，我就先失陪去看脱衣舞了。放心，我之后会在你上司面前给你圆谎的。这样岂不是一举两得？”

屉原感激库本的好意，但仍不愿意行此违规之举。不过，他终究还是没挨过对方的软磨硬泡，半推半就地接受了。毕竟，独自邀请心仪的女孩共进晚餐是他长久以来的愿望。再者，“吉备路”的老板娘是友人的伯母，让她在报销单上做些手脚，她应该也不会拒绝。

客户如此为自己着想，自己再推辞，反倒显得不近人情了。

屉原将当晚的情况做了详细的描述，愧疚不已地说："库本先生是为了给我打掩护才向警方说谎的。若这事害得他染上杀人的嫌疑，我真是万死莫赎了。"

"感谢您能对我吐露实情，若此事确实与案件无关，我会把它烂在心里。"

"唉……"屉原叹息道，"好在我还没向公司报销，这账单还是我自己买了吧。虽说肉痛了些，就当换个心安。"

此次探访的结果早在陶展文预料之中，只是，给这样一个涉世未深的青年下套，还是让他感到有点良心不安。

但回过头来一想，库本的伪证与久留岛一样，简直就是儿戏，很难想象真凶竟会在这么重要的问题上如此欠考虑。

陶展文仅让宝媛在"芳兰轩"等待了 40 分钟左右。

两个人会合后，又游览了素有"冈山第一街"之称的上之町商店街。这条街名号虽响，也只是一条充斥着铜臭味的购物街罢了。宝媛也难见游览后乐园时的热情，沉默地漫步于拱顶之下。

之后，两个人又乘坐观光的士将冈山市区草草游览了一圈儿，便要搭乘电车返回神户了。

前往车站的途中，陶展文特意吩咐出租司机经过“叶村”旅店与脱衣舞厅“3S 剧场”。二者均位于车站周边，车子经过“3S”门前时，陶展文问司机：“除了这家‘3S’，冈山还有其他脱衣舞厅吗？”

“城郊还有一家，但上月初闭店重新装修了，这会儿可能还没开张。”司机显然精于此道。

行　程>>>

或许是因为时值周末，始发于广岛的返程列车至冈山便已座无虚席。直到姬路站，宝媛才得以入座。途中，女孩数次欲给陶展文让座，但均被他婉拒了：“还是你坐吧。以我的身体，站 10 个小时都不是问题。”

这话不只是说说而已，肉体上的疲劳在陶展文眼中实在不值一提。想要一睹他的倦容，还得从心理上着手。

他们乘坐的“第二宫岛”号列车于晚 7 点 39 分抵达三宫。

两个人回到家，简单地应付了一顿晚餐后，三浦达夫到访。他此次前来，名为汇报东京方面的消息，实则是想邀请宝媛外出游玩。

他带来的情报与一年前委托长田调查林东策的人有关，但内容谈不上可喜。委托人的姓名与住址已无源可溯，直接委托长田的是他的某个友人，而这个友人也是受一个中国籍商社的员工所托，这个员工则坦言调查林东策是社长分配下来的任务，而社长此时正远在菲律宾。

员工也说不出个所以然，只隐约记得，委托人是个华人老太太。一年前，有个身穿黑衣、举止优雅的老太太接二连三地拜访社长，那以后，社长便下达了调查的命令。从这个老太太中式风格的衣着，可以推测出她并非日籍华侨，而是正宗的中国人。

三浦带来的另一份情报是卡朋特商会为林东策写的介绍函。

……若经深交，定会被其绅士风度所感染。他因发际线上有颗黑痣，被在下称为“黑痣林”。而在下头顶稀疏，亦被他称作“光头卡朋特”。若贵公司能多多支持我这位挚友在日本的业务，他日定有重谢。

陶展文开始反复咀嚼信上的内容。趁这档儿，三浦则找宝媛商量起明日的游玩计划。

这时，小岛来电了：“我 8 点半就下班，待会儿便到府上叨扰。之前您委托的事已大致查清，您在冈山的进展如何？罢了，电话里说不清，等我到府上详谈吧。”

“嗯，等你。”陶展文说完挂断了电话，身边的年轻男女正聊得火热。

“六甲山？好远的吧？”宝媛问道。

“嗯，是有段距离。”

“前些天陶叔叔带我去了再度山的修法原，这六甲山怕是比那儿还要远一些吧？”

“远多了。”

“走过去？”

“当然是步行了，不然算哪门子远足。”

一想到距离远，还得爬坡，宝媛打起了退堂鼓，带着歉意道：“我今儿和陶叔叔逛了一天的冈山，实在是乏了，明天恐怕……”

“好吧……”

三浦的失望溢于言表，他原本期待能与宝媛漫步于深秋的六甲山，如今女孩直言累了，他也不好勉强。当然，他大可以开车带女孩去兜风，但他是个坚定的步行主义者，早在学生时代时就一直是登山部的活跃分子。

最终，两个年轻人各退让了一步。三浦将远足计划暂行搁置，答应带宝媛去观看少女歌剧。而在此之前，宝媛得陪三浦逛一逛仁川的野营中心。

“好嘞，就这么定了。明早 7 点半，车站东门见。”

为了能多走几步路，三浦将见面时间定在了一大早，临走前还不忘叮嘱宝媛一句：“明儿得早起，今晚早点睡吧。”

三浦刚起身，小岛便火急火燎地赶来了。他连茶也顾不上喝一口，直奔主题道：“据可靠情报，林东策的神户行程早在案发四天前便定下了。”

“四天前……22 日？”

“是的。他的好友程就信打算在神户搭船返回南洋，林东策是去那儿送行的。这件事，奥林匹亚物产的所有员工都知道。”

“所有员工……”

“对，上至董事，下至文员，都知道。至于他们有没有透露给外界，就无从查起了。”

“即便是透露了，也要分时间的。是下班回家后说的？还是第二天说的？”

“这又不涉及商业机密，平日闲聊时顺口提到也不奇怪。”

陶展文揉了揉眉头，驱赶走倦意，道：“若只是顺口，自然无可厚非，但若是将准确的日期、酒店名、房间号都透露了，恐怕就不是顺口那么简单了。”

“机票和酒店房间是由库本胜一在 22 号预定的。”

“那他是直接打电话给酒店预约的，还是吩咐手下人做的？”

“他亲自拨的电话。对了，他是上班时间拨的电话，所有员工都听见了。当时竹内朝子也在场。”

“这些消息可靠吗？”

“这是我托东京本部的同事询问奥林匹业物产员工才知道的。”

“也亏得他愿意帮忙。”

“可不是嘛，好在那小子就是好管闲事的性子。详细信息都在这封信里了，你看看。”

陶展文略去开头的寒暄，直奔调查结果。

库本胜一于 10 月 22 日午时两点致电神户的伊斯坦酒店预约房间。数分钟后，林东策来电确认预约进展。时值工作时间，员工皆在办公室内。另外，在场的还有两个外部人士。一个是频繁出入于公司的竹内朝子，另一个是来为福利院筹集善款的教会志愿者，没人记得这个女孩是何时到访，又是何时离去的。

看到这里，陶展文陷入了深思：“午后两点……”

“有什么眉目了？”小岛期待地问道。

“你朋友说得对，这事儿怕是无从查起了。”

这位友人在信末还专门解释了无从查起的原因。

……综上所述，恕在下有负君托了。欲列出所有掌握林东策行程的人，必须调查所有奥林匹亚员工——包括竹内朝子——于22日至26日之间向何人透露过此信息。此信息并非机密，不排除一传十，十传百的可能性。查到以上的情报已是大费周折，望君理解。

“你朋友说的不错，我们的确是有些强人所难了。话说回来，你们为何会局限于22号这个日期？”陶展文把信放回信封，“罢了，这事也无关要紧，不用深究了。”

小岛不乐意了，郁闷地问：“无关要紧？那您为什么还让我查？”

“抱歉了。让你调查这事不为其他，只为给最终的理论加一层保险。”

“保险？什么意思？”

见小岛仍无法释怀，陶展文意味深长地解释道：“棒球比赛里不就有‘保险得分’这一说法吗？在胜局已定的局面下，优势方通常会追加一个本垒以锁定胜局。”

小岛不想再琢磨陶展文的奇谈怪论，无奈地妥协道：“您说怎样就怎样吧……您一定已胸有成竹了，揭晓真相那天，可别忘了喊上我就是。”

陶展文笑道：“放心，届时第一个喊上你。当然，前提是我真解决得了。”

小岛离去后，陶展文翻开了笔记本。将每日的见闻简单地总结为一两行文字，是他多年来的习惯。他翻到 10 月 22 日，上面只有简短的一句话——

宝媛从东京回来

PM10:50

陶展文取出《全国列车时刻表》，将数个特定时间装入脑中后，再次将日记本翻至案发当日，也就是 10 月 26 日那一页。由于他是在案发第二天才得知案件的，上面仅有寥寥几笔的琐碎日常。

陶展文将这行字咀嚼了数遍，又翻到了 10 月 27 日那一页。这一页上才记载了密密麻麻的案件相关情况，但他仅是草草看了看，便将日记本放回了原处。

当夜，他辗转难眠。

<<< 嫌疑人已死

周日，晴空万里。

林宝媛与三浦有约，7 点 15 分便出门了。

晨风拂面，仿佛吹跑了多日以来的忧愁，宝媛以愉悦的心情整装待发。无论是冈山之行还是修法原之行，宝媛都难称尽兴。陶展文这位中年大叔虽包容有余，眼神却实在太犀利。在他的视线下，宝媛总有一种脱了个精光的错觉。相较之下，大大咧咧的三浦达夫倒称得上是个好玩伴。

至于今日的目的地仁川野营中心，宝媛并没有去做什么了解。不过，她并不排斥在这晴朗的早晨，沐浴着阳光，与大自然来个亲密接触。

迈着欢快的步伐，宝媛露出一个自以为玩世不恭的微笑。一瞬间，她有种如释重负的畅快感：“难得来一趟日本，成天闷闷不乐怎么行！”

但是她心知肚明，某种忧郁依旧潜藏在她的心间，随时都可能赶走愉悦，重新占据她的内心。这种危机感令她毛骨悚然。

自得知案件的那日起，宝媛仿佛一直置身于梦境之中。这个梦未必是噩梦，却漆黑、强烈，令人无法抗拒。梦醒时分，席卷而来的则是空落落的虚脱感。

宝媛强行压下尚未消散的虚脱感，故作雀跃道：“哈哈，林大小姐又回来啦。”

她抵达约会地点时，已超过约定时间5分钟有余。三浦达夫脚边的三枚烟头给予了她莫大的满足感，男性等待时间的长短，通常反映着女性魅力的高低。

“桃源亭”的顾客群体主要是工薪族，周末通常不营业。宝媛出门时，陶展文刚练完一套拳，正在院子里擦汗。

“陶叔叔，我出门了。麻烦您知会阿姨一声，我今晚就在外头吃了。”女孩的语气难掩雀跃。案发后尚且不提，就算在案发前，陶展文也从没见女孩露出过这般愉悦的神情。

陶展文发现自己愈加看不透这香港女孩了。

女孩刚走不久，老朱到访。每逢周日，老朱总会在清晨登山，归宅途中时不时到陶展文家里叨扰一下，或闲聊，或对弈。

刚见面，老朱便调笑道："哎呀呀，眼见血丝儿。"

"昨晚没睡好。"陶展文实话实说。

"你也能失眠？"

"怎么，我就不能失眠了？正所谓一万声长吁短叹……"

"五千遍捣枕捶床。"西厢记里的台词，老朱自然是烂熟于胸的。

两个老男人正在院子里对戏，陶展文的女儿羽容在二楼娇声叫道："爸爸，出去逛逛吧？难得周日天气这么好。"

"也好，你问问妈妈去不去。"陶展文先是赞成，但转念一想，又道："要不，你自个儿玩儿去吧？我昨晚刚从冈山回来，今天想歇一歇。"

"哼，没劲。"羽容朝父亲扮了个鬼脸。

早上 9 点，陶展文正与老朱对弈，一通电话让他清闲一日的愿望破灭了。

"陶老板您好，我是生田警署的神尾。"警察的语气急迫，显然事出紧急。陶展文忙问道："神尾警官。出什么事了？”

“事出紧急！您在家吗？”

“我在……”不待陶展文问清状况，对方已挂断了电话。

陶展文回到桌边，不假思索地挪动棋子。败局已定，加之这通来电，他已经没心思再下棋了。警察即将到访，陶展文只求速败。

“哈哈！将军！”老朱的欢呼将陶展文的思绪拉回棋盘上。不知何时，自己的“将”已经在老朱手中了。

“再来，再来！”老朱棋意正浓。

见老朱又开始摆棋子了，陶展文忙制止道：“今天就到这儿了，待会儿有客人要来。”

“就是打刚才那通电话的人？还早嘛，哪能说来就来。”

“快了。生田警署到这儿，开车只要5分钟。”

“你好歹让人准备准备呀。”

“有什么好准备的？”

“空手而来多失礼呀，你说对吧？”

“警察的伴手礼只有铐子，你敢要吗？”

这时，门铃声打断了两个人的相声。

“瞧，这不来了？”

来客有两人，一个自然是打电话的神尾，另一个人就有些出乎陶展文的意料了，竟然是新闻记者小岛。见小岛在警察身后一个劲儿地向自己使眼色，陶展文感到有些不妙。

众人一落座，警察便直奔主题，问陶展文道："恕我冒昧一问，匿名让警视厅调查富井明子的人，是您吗？"

"嗯，这事儿是我委托的。查出什么结果了吗？"

警察没有正面回答这个问题，而是紧盯着陶展文的脸，问道："在告知结果之前，恕我多问一句——您让我们调查这个女士的原因何在？就像上回您让我们调查茶杯一样，这回一定也有什么缘由吧？"

"让你们查，自然有道理。"

"愿闻其详。"

陶展文丝毫不怵警察的眼神，挖苦道："你在考我吗？智力问答？"

"见笑了。经我们调查，一条足以颠覆案情的线索浮出水面。我这一问，并非代表警方，纯粹是我个人感兴趣罢了。"

见陶展文仍不打算开口，警察继续道："您的这个委托直指整个案件的核心，不仅是我，整个东京警界都为之震惊。同事们都纷纷议论，都怀疑您是否早已对这个结果有所预料……”

警察语气谦卑，陶展文再拒绝，就有些傲慢无礼了，便道：“林东策早在五年前就已不在人世了……我瞎猜的而已，这确实荒谬了些。”

“您……您果然已经料到了！”警察惊叹道，简直佩服得五体投地。

“然后嘛，如果我没猜错的话，林东策正是死在富井明了经营的那家旅馆里。”

警察点头如捣蒜：“您又说对了。五年前，林东策抵日的第二天就死在了旅馆‘鹤屋’，死因是煤气中毒。这起案子当初是由S警署接手的，我们一直在追捕的林东策，是个冒名顶替的假货！调查被打回原点……”

听到这里，沉默良久的小岛开口了：“陶师傅，您早已知道林东策不在人世了吧？所以才会笃定凶手另有其人。”

“算是吧。”陶展文答道。

小岛坐不住了，迫不及待地问道：“您是如何推断出这点的？能告诉我们了吗？您昨儿答应过的！”

“案件还没解决，不是吗？现在还不是时候。”

小岛不想放弃，和警察交换了个眼色，继续恳求道：“警方压根儿没想过林东策以外的路线，如今乍闻嫌疑人从一开始就不存在，搜查完全陷入了混乱。只有师傅您能处处算尽先机，案子能否顺利告破，还全得仰仗您呀！请您就别再卖关子啦！”

“不对吧？推敲案情本来就是警方的工作，哪容得了外行人大放厥词？我尽全力协助你们就是了，孰是孰非，还得由警方来决断。”

“你肯协助办案就好。”得到陶展文的应允，神尾振作精神，严肃地问道：“关于奥林匹亚物产的顾问，也就是假冒林东策之人的真实身份，您心中有头绪吗？”

陶展文玩味地注视着警察，笑道：“有意思……真货不在了，你们便把嫌疑转嫁到假货身上？”

“不敢。警方这回可学乖了，再也不敢随意往他人头上扣‘嫌疑人’的帽子了，案情重回一张白纸。”

陶展文见警方有所悔改，也不想再为难他，便道：“告诉你们也无妨……最初从林宝媛口中听到林东策此人时，我便疑心他已经不在人世了。突然中断的汇款，长达五年的了无音信，都足以证明这一点。另外，林宝媛虽然口口声声说要寻找兄长，但在调查过程中却只是被动地接受着我提供的信息，她自己从来没有积极采取过什么行动。当然，上述几点仅是我的猜测，真正让我笃定这一推断的是案发现场的状况。”

“愿闻其详。”神尾催促道。

“死者王同平在冒牌林东策的客房内遇害，冒牌林东策行踪不明——这是最基础的案情。然而，随着新线索陆续浮出水面，另一种可能性在我脑中渐渐成形……”陶展文察觉到自己的语调竟带了一丝颤抖，忙深吸一口气，平静地说，“冒牌林东策并非消失，而是遇害了。”

“死了！在哪儿死的？”神尾如遭雷击。

“你没听明白……”陶展文解释道，“不是别处，正是在那客房里。”

这一爆炸性言论让在场三个人的思考顿时停滞了。

“您不会是想说……”小岛一时间觉得舌头有千斤重。

“没错。客房内的尸体并非王同平，而是冒牌林东策。”

“也就是说……”神尾也渐渐领会了陶展文的意思。

“对。死者王同平就是那个假冒林东策的人，警方至今苦心通缉的疑犯正是死者……”

此刻，陶家客厅里的氛围说不出的怪异。三名客人面面相觑，大气都不敢喘。反倒是“罪魁祸首”陶展文最为轻松，悠然自得地点了支香烟。

<<< 凶手X

在场的三个人仿佛都失去了提问的勇气。

小岛斟酌了许久，才憋出一句蠢到让他想扇自己耳刮子的话："您……您说什么？"

"其实很简单。"陶展文思索片刻后说道，"王同平与冒牌林东策同为一人，自然不可能存在杀与被杀的关系。凶手另有其人，我们暂且将其称为X。只要证明这个第三者X确实存在，'王同平就是林东策'的言论就能站住脚了。"

"我懂您的意思了。"神尾点头道，"但您打算如何证明案发现场还有第三个人呢？"

"我们先做个简单的推理。冒牌林东策在客房内与王同平会面后遇害，但问题来了，诸多事实都可以证明案发当晚访问612室的人绝不是王同平。否则，死在客房内的王同平不就成了凭空多出来的了吗？如果王同平就是林东策，这个矛盾便可迎刃而解。”

“但是，酒店职员曾目击形似林东策——不对，形似奥林匹亚物产顾问的男子离开酒店，这又该作何解释呢？”神尾问道。

对此，陶展文断言道：“那个人既不是王同平，也不是奥林匹亚顾问。”

毕竟是资深警察，神尾立刻跟上了陶展文的思维：“来访者为什么不是王同平？请您拿出证据。”

“请回忆六楼前台小妹的证词——那人戴着一副圆框眼镜，面对自己的问好，以压帽礼回应。问题就出在这个压帽礼上。你们一定还不知道吧？王同平根本没有戴帽子的习惯。”

“王夫人都没表示异议，您又是怎么知道的？”

“弘子与死者仅做了一年的夫妻，自然不可能对丈夫的习惯知根知底。事实上，死者曾在帽店老板大川面前炫耀，声称自己自出生以来从未戴过帽子。”

“照您这么说……帽子纯粹只是一个伪装的？”

“对的。所谓的压帽礼，恐怕也只是为了遮住脸部而已。由此断定，此人决不是林东策。另外，残留在案发现场的东西也值得一提。‘林东策’的所有物乃至指纹都被处理了，但奇怪的是，王同平的雨衣遗留在现场，帽子却不翼而飞。唯一的解释就是，帽子不是王同平的，为了掩盖这个事实，凶手才专程将帽子带走。”

神尾几乎要把眉头揉碎了，苦恼地问道：“不对呀，您真把我给绕混了……要是真如您所言，这王同平岂不是要一人分饰两个角色，既要当公寓老板，又要做公司顾问？”

“这完全说得通，不是吗？”陶展文的口吻不容置疑，“他饰演王同平时，就戴上圆框眼镜，穿着时尚，打扮考究。而饰演林东策时，只需摘掉眼镜，贴上黑痣，不修边幅即可。做足了表面工作后，只要限制两个角色的交友圈，避免出现共同的友人就行了。为防万一，扮演者还专门给王同平附上了厌恶东京的属性。事实证明，他的伪装相当成功，奥林匹亚的员工竟没有一个人认出刊登在报纸上的死者就是他们的林顾问。”

“您稍等一下……照您这么说，再结合尸体的状况，可以确定凶手的目标是王同平无疑了？还是说，凶手从一开始就知道这两个人是……”

“凶手自然早就知道其中玄机了。另外，我得纠正一点，死者是以林东策的身份在客房中遇害的，而不是王同平。”

“但是尸体的状况……”

“这也是凶手 X 的杰作。”

“难道……”接二连三的冲击让神尾一下子懵了。

“是的。X 打扮成王同平的样子前往现场，行凶后，又将自身的衣物与死去的冒牌林东策做了个对调。”

“于是他就以林东策的身份离开了现场？”

“这也是凶手计划中的一环。另外，他自然不会遗漏刘海儿与黑痣等一干细节。但百密终有一疏，凶手在装扮死者时出现了几处致命的纰漏：第一是头部的血迹。为了重现王同平的发型，凶手精心准备了发胶与头梳。但他却丝毫没有注意到，在他的梳理下，原本应该集中在死者后脑勺的血液扩散到了前脑部；第二就是衬衫领口内侧的条状血迹。被害者在临死前曾紧攥领口，血迹自然会沾染到领带与外衣上。但衬衫上的条状血迹是哪儿来的？唯一的解释，就是凶手在对调领带时无意间沾上的。”

陶展文的推论有理有据，没有给神尾丝毫辩驳的余地。

“接下来，我们来谈谈女服务生的目击证词。‘王同平在林东策房门外脱下雨衣。’与这个证词矛盾的是，前台小妹见到的王同平只是穿着花哨的西服，并没有看见雨衣。如果强行解释这个地方，只会导出一个有悖常理的结论——王同平经过前台后，先在走廊上穿起了雨衣，又在进客房前脱下了。在这点上，我们不妨将思维逆转——酒店严令禁止员工偷窥顾客的举动，女服务生估计只是用眼角的余光扫到了客房门前的王同平而已。所谓的脱雨衣之举，会不会只是她看错了呢？”

旁听良久的小岛终于忍不住插嘴问道：“这也能看错？她该不会是把穿雨衣看成了脱雨衣吧？”

面对二人的怀疑，陶展文掷地有声：“服务生会看错也无可厚非，毕竟进门前穿雨衣显然有悖常理。但凶手确实就这么做了，这又怎么解释呢？”

“为了……遮住外衣？”神尾试探着问道。

“聪明！”陶展文给了他一个赞扬的眼神，“试问，眼前突然出现一个穿着打扮与平日里的自己如出一辙的人，你会有什么感想？更何况凶手意在杀人，更不能让对方产生哪怕一丝的戒备。那么，问题又来了，凶手为什么一定要到了房门前才穿上雨衣呢？”

神尾已跟上了陶展文的节奏，抢答道：“为了让人看见他的花哨打扮！”

“对。要是不能制造出王同平来访、林东策逃离的假象，一切犯罪计划都无从谈起。凶手选择不走安全楼梯，而是堂而皇之地通过前台，也是为了这个目的。但压帽礼纯属多余，反倒露出了马脚。”

神尾对眼前的食堂老板肃然起敬，叹服道：“您的推理毫无破绽……”

“待我说完再感叹也不迟。王同平爱好旅游，时常出远门。而与此相对应的是，远在东京的林东策一个月之中只有几天会在公司露面，情妇竹内朝子的居所更是鲜少造访，以至于库本县全敢明目张胆地在公寓内与竹内苟且。警方不妨去细查一番王同平出游与林东策露面的具体时间，一定会大有收获。”

陶展文略作停顿，见在座的众人都没有对自己的推理起疑，才继续道：“接下来，让我们来看看王同平分饰二角的原因。通过移民备案，我们可以确定被害人的本来身份就是王同平无误。这个男人为什么要假扮林东策呢？这就要提到五年前那一笔两千五百万日元的补偿金了。林东策抵日第二天便死在了旅馆‘鹤屋’。王同平也正是在那时窃取了他随身携带的补偿证明。证明上有卡朋特商会的署名，王同平本来可以凭此证明冒领补偿金的，但碍事的是，美方在介绍信中以‘黑痣林’一词描述了林东策的相貌，逼得王同平只能在自己的额头上贴上黑痣，装成林东策的样子。他本以为钱到手后便可逃之夭夭，谁料半路竟杀出个南洋财阀程就信。他骑虎难下，只得假戏真做。所以，别看王同平表面上优哉游哉，实则是战战兢兢，如履薄冰。”

听完陶展文的推理，神尾不禁狐疑道：“正牌林东策突然死亡，就没人发现有蹊跷？牵扯两千五百万的巨款，绝不是意外事故那么简单。陶老板，您怎么看？”

“这得瞧你们警方的手腕了。要真是他杀，凶手多半是王同平无误。但这个案子怕是永无水落石出之日了。毕竟是陈年旧案，嫌疑人又已经死了……”

“他杀，一定是他杀……”警察不甘心地嘟囔道。

“无论是意外还是他杀，与林、王二人毫无瓜葛的‘鹤屋’老板娘富井明子位列奥林匹亚物产股东之一，这点就足以说明王同平与此事脱不了干系。”

“嗯，不排除王同平收买富井明子共同作案的可能性……但话又说回来了，王同平又是怎么知道补偿金一事的？”

“你们不妨走一趟入境管理局，要是我没猜错，这两个人一定是搭乘同一班飞机或客轮来日本的。”

陶展文有十成把握确定林、王二人在美国就已经相识了，依据便是林东策在最后一封家书中谈及“在美友人”时那句不明所以的话——我与此男，并列一站，一刀两断，尽皆相同。

此处提到的友人肯定就是王同平了，理由略荒谬——林东策，王同平，这两个名字都是左右对称的结构。将六个字排为一列，纵向截断，左右部分是完全相同的。

陶展文偏好这类结构整齐的名字，可惜“陶”字并不是对称结构，“展文”二字又是父母所赐，不能修改，陶展文只得在女儿的名字上下手——“羽容”二字不正是左右对称的吗？当然，姓与名都是对称结构的人并不在少数。陶展文之所以笃定信中的友人是王同平，也是为了成全自己一念之私罢了。回顾此次案件的关键——一人分饰二角，不就正应对着“一刀两断”这句话吗？

陶展文当然不会把这种主观臆断添加到推论之中，他的推理有着客观依据，根本不用再摆出这种模棱两可的论断。

“看来，现在只能从富井明子身上着手了……”神尾唏嘘道，随即向陶展文投以感激的眼神，“托您的福，林、王二人的身份之谜也算水落石出了，但这对酒店谋杀案的侦破又有什么帮助呢？”

陶展文的语气依然平静：“这个事实给我们提供了三条线索。第一，凶手一定是知道二人身份玄机的人。第二，凶手是有能力弄到王同平外衣的人。第三，凶手是因王同平的死亡而得利的人。综合上述三点，凶手的身份已经昭然若揭……”

“弘子！”小岛惊呼一声，随后察觉到自己的失态，有些抱歉地干咳一声，“首先，王同平死了，她是最大的受益者。再者，一人得道，鸡犬升天。其兄久留岛欣吾也难脱嫌疑，最重要的是他还企图伪造不在场证明。”

陶展文先稳住激动的小岛，浅笑道：“莫激动。别忘了死者有两个身份，王同平的死意味着林东策的失踪，林东策失踪，最大的受益者又是谁？这个人也应该被考虑在内。”

“您的意思是……”

“冒牌林东策是黑户，无权拥有财产，他的财产都寄在他人名下。其中，竹内朝子名下的财产占绝大多数。”

“是她干的？”

“案发当时，她身在东京。”陶展文答道，“名下财产仅次于竹内朝子的库本胜一也难逃嫌疑。他身为奥林匹亚物产的对外所有者，一旦林东策人间蒸发，他就能合情合法地将月入百万的企业纳入自己名下。另外，他早就与竹内朝子暗度陈仓了，还企图伪造不在场证明。”

神尾越听越兴奋，雀跃地说：“好！嫌疑人只剩下四个了！”

“有趣，有趣……”陶展文的语气中带着一丝似有似无的悠哉，“不仅是结构对称的名字，一人分饰二角的玄机，就连嫌疑人的关系也呼应着‘一刀两断’一词。神户方面的嫌疑人弘子与其兄久留岛，东京方面的嫌疑人竹内与其情夫库本。你们不觉得这两组人在案情上的表现如出一辙吗？不觉得这是命运的安排吗？”

言者兴致盎然，听者却不买账。神尾简单地应付了几句，便迫切地转向下一个话题了：

“接下来我们该怎么办？”

陶展文自讨了个没趣，只得继续道：“我们不妨从两头各挑出一个凶手候选。酒店服务生再马虎，也不至于连性别也看错。所以，我们先从两个男性嫌疑人，久留岛欣吾和库本胜一开始。”

“凶手就在他们二人之中？”神尾问道。

“八九不离十了。”陶展文点点头，随即问小岛：“小岛，你认为是他们中的哪个？”

“久留岛没跑儿了。”小岛不假思索地答道。

“依据？”

“他企图伪造不在场证据，不是做贼心虚是什么？再者，他身为死者的小舅子，偷姐夫一件衣服，完全不在话下。”

“你忘了一点，死者是穿着这件衣服出门的。”陶展文一句话便将小岛给噎住了，“再者，久留岛真的知道王同平的秘密吗？我对此深表怀疑。毕竟他接触的是货真价实的王同平，如果他接触的是冒牌林东策，倒是更容易看出破绽。”

“比如说？”神尾忙问道。

“比如说，在床上睡觉时，额头上的假痣掉了下来……”

“照您这么说，作为枕边人的竹内朝子，岂不是有重大嫌疑了？”

“竹内朝子心起疑窦，将此事告知库本，再经库本这么一查……”

神尾艰难地咽了口唾沫，问道：“凶手……是库本？”

“多半不会错了。”陶展文点头。

分裂者 >>>

三名访客都像被抽去了魂魄一般，始作俑者陶展文却不以为意，淡然道："抛开不在场证明的问题，我们暂且假设久留岛是清白的……王同平打扮考究，平日里只使用法国制的发胶，而凶犯在打扮尸体时，使用的却是日本制的发胶。久留岛与死者相识多年，又是死者的小舅子，对其生活习惯多少会有所了解，怎么会犯下如此愚蠢的错误？"

见众人不约而同地点头表示信服，陶展文继续分析道："那么，库本是怎么拿到王同平的衣物的？要想解开这个谜题，得先弄清王同平是在何时何地进行变装的。显然不可能是在东京或神户，因为死者最害怕的就是变装后被当地的熟人目击，所以他早就选好了最安全的变装地点——名古屋。王同平租借的公寓与冒牌林东策托酒店预定的车票都可以支持这一推理。接下来就是我的猜测了——库本对死者的身份起疑，开始暗窥死者的一举一动。纸最终还是包不住火，库本不仅发现了死者的秘密，更在其秘密基地东海庄找到了多年来梦寐以求的东西。”

“梦寐以求的东西？”神尾问道。

“合同、地契、证券……各种可以让库本合法接手巨额财产的证明文件。但这些文件都被锁在保险柜里，谨慎如王同平，自然时刻都不会让钥匙离身。但任他再谨慎，也不会对枕边人有戒心。竹内朝子完全有能力神不知鬼不觉地将钥匙复制，库本再趁王同平前往神户给友人送行之机，潜入公寓，将保险柜里的东西纳入囊中。”

陶展文小啜了一口茶水，感觉喉咙的干渴略微得到了缓解，才继续道：“库本或许是通过三光贸易这层关系得知了林东策见不得光的秘密。他有把握，就算自己的盗窃行为暴露，充其量也只是黑吃黑，量对方也不敢追究。但是，当他在林东策换下的衣服口袋中发现贴有王同平照片的护照时，一个邪恶的计划就在他心中萌芽了——要是林东策谋杀王同平后畏罪潜逃，加上自己手中的证明文件，王同平名下的财产就会顺理成章地成为他与竹内朝子的囊中物。于是乎，心中的恶念驱使他换上了王同平的衣物……不过很遗憾，或许是嫌碍手，他将王同平的行李扔了，若是用上行李中的发胶，这个犯罪计划堪称完美。”

“照您的意思，库本是在东海庄发现了王同平的护照后才临时起了杀意？”神尾疑惑地问道。

“我说过很多次了，这些只是没有真凭实据的我的推测罢了。”

神尾仍旧无法信服，他面带鄙夷地撇了撇嘴道：“临时起意……我才不信。那家伙一定预谋已久了。”

“东京方面的竹内朝子也没闲着，林东策指纹的处理工作多半是她完成的。但问题是，她是在库本出发前处理的，还是其后库本指使她处理的？这个疑问还得倚仗警方来解决。”

神尾听到陶展文提及警方，面露懊悔之色道：“陶老板，您一定从一开始就怀疑库本胜一了。反观我们警察，被那样愚蠢的不在场证明哄得团团转不说，还一直在纠结一个根本不存在的林东策，真是无地自容。”

“凶手狡诈，这怪不得你们。你们别怪我多管闲事就好，我顺手调查了库本在案发当晚的真实行踪……”

神尾精神一振，满脸期待地问道：“结果如何？”

陶展文翻开笔记本，将调查结果娓娓道来：“10月

14 日，库本搭乘列车‘第一飞燕’号抵达冈山，负责迎接的秋永员工可以证明，但他到底是不是在东京上的这班列车尚有待考证。‘第一飞燕’号列车于当日 9 点在东京发车，在此之前，有三个班次均途经名古屋。库本有充足的时间前往名古屋，施行计划后再赶赴冈山。”

“嗯，完全有可能。”神尾豁然开朗。

“当晚，库本在酒家‘吉备屋’用餐后，入住旅馆‘叶村’。第二天，也就是 25 日，库本结束与秋永的商谈后，拒绝了对方的晚餐邀请。接下来才是重点，26 日，也就是案发当日，他在完成了合同签署与工厂视察后，于下午 5 点到晚 10 点半之间，与秋永员工屉原伸二在酒家‘吉备屋’饮酒作乐。当然这只是库本的一面之词，在我的劝导下，屉原伸二已经坦白，当晚并没有和库本在一起。”

“有这回事？”

陶展文将自己与屉原的对话如实转述了，神尾了然：“这么说，这个屉原并不知情？”

库本认为区区几万元的招待费就可以绑住屉原，谁知这年轻人面相虽稚气，却懂得大是大非，能悬崖勒马。库本机关算尽，却在人心的算计上跌了个大跟头。

陶展文整理了一下思路，继续道：“库本当晚回到旅馆时已经 11 点有余。这一点，警方大可以找旅店员工证实。

从5点到11点整整六个小时，在冈山与神户间往返是绰绰有余的。我前些日子亲身实践过，要从冈山去神户，只需搭乘5点24分发车的‘第二宫岛’号，7点39分就可以抵达三宫了。从三宫站到案发酒店，步行只要5分钟。杀人、乔装，40分钟足够了。下一班‘日向’号列车会在47分钟后的8点26分发车，抵达冈山的时间是10点57分，与库本回到旅店的时间相差无几……”

听完陶展文的推理，神尾懊恼不已：“可恨的是那库本做了两手准备，就算我们可以证明他当晚不在‘吉备路’，他要是坚称自己去看脱衣舞，我们也没办法拿他怎么样。”

不同于警察的沮丧，陶展文表现得胸有成竹：“警方只需坚信库本是凶手就可以了，至于这不在场证据嘛……任他机关算尽，也难逃天谴。那‘3S’剧场，也就是库本声称自己当晚前往的脱衣舞厅，在案发当周都排有‘蛇女’多魔子的演出。案发当晚，这个脱衣舞娘因病休演，第二天一早就返回东京的库本自然不可能得知这一变故。警方不妨试着去问问他当晚节目的内容……在此之前，你们可以顺便找多魔子了解一下具体细节，她现在应该在神户的地下舞厅中。”

神尾将陶展文提供的线索一字不落地记录下来后，恭敬地说："我还有两点不明白。第一，您对客房里那被下毒的茶水有何看法？"

"关于这一点，我也只能猜测一下……长达五年的分裂生活让王同平早已不堪重负，在这样大的压力之下，他心中难免抑郁。那么，既然在钱财方面已经赚得盆满钵满，王同平为何还要执着于这个假身份？解释只有一个，那就是他对竹内朝子余情未了，而竹内与库本的不伦关系则会成为压垮他精神的最后一根稻草。在这种打击下，死者选择自我了断，也是人之常情。"

警察难得地对陶展文的观点表示质疑："您的意思是说，即使没有库本插手，王同平也横竖是个死？"

"否则那杯凭空多出来的毒茶该怎么解释？凶手苦心策划，到头来谋杀的却是一个已存死志的人。怎么？对这个真相失望了？"

"倒也谈不上失望……但是，要真如您所言，凶手也太……"

"太冤枉？还是太倒霉？"陶展文不置可否，"世事无常，有些事情本来就无法以常理度之。"

警察仍然有些不服，但也知道辩不过陶展文，只得进行下一个话题："第二个疑问，案发第二天，来酒店冒领住房卡的人是不是库本？"

“是。”

“这就奇怪了……库本确实是在案发搭乘7点22分发车的‘雾岛’号返回东京的吧？这一点前往车站送行的秋永员工可以证明。他在晚上6点20分抵达东京时，即刻被警方带走问话。‘雾岛’在三宫只停留了短短几分钟，根本不够他往返于酒店与车站之间的。车长也可以证明库本就在这班列车上，在列车行驶途中，库本曾因身体不适向车长讨了药。事实上，他抵达东京站时，气色还是很难看的。”

“身体不适？什么时候？”

“大概是列车行驶至沼津附近的时候吧。”

“那就说得通，你看看这个自然就明白了……”

陶展文也不打算多做解释，直接从兜里取出一张纸片递给了警察。纸片上有几行潦草的字，是他昨晚入睡前随手记录的：

A 上行“雾岛”列车

07:22 冈山发车 → 09:49 三宫发出 → 16:09 富士发车 → 18:20 抵达东京

B 全日空航班

11:10 伊丹起飞 → 12:20 抵达羽田

11:50 伊丹起飞 → 12:35 抵达羽田（日本航空）

C 下行“东海四号”列车

13:25 东京发车 → 15:41 抵达富士

陶展文见警察仍一脸茫然，不得不捺着性子提示道：“搭乘出租车从三宫站到伊丹机场，撑死只需 40 分钟。至于从东京站到羽田机场嘛……我没尝试过，但估计也差不了多少。”

经陶展文这么一提示，神尾才面露喜色：“我懂了，原来是这么一回事啊……”

这张时刻表充分说明了库本冒领住房卡的可能性——他乘坐“雾岛”号在三宫站下车，到酒店冒领房卡后再径直赶往当地的伊丹机场。飞机于 12 点半左右抵达羽田机场，他再赶往东京站搭乘下午 1 点半发车的“东海四号”。此班列车于下午 3 点半前后抵达富士站，距离“雾岛”途经此地还有将近半个小时。所谓身体不适，只是库本利用车长制造不在场证明罢了。“雾岛”离开富士站后，前往的不正是沼津区域吗？

至于气色不佳……手刃一个大活人后，再追加一趟列车、出租车、飞机互换的操劳旅途，面色能好才叫不正常。

见警察已经领会纸片上的信息，陶展文继续说道："库本多半是在案发后返回冈山的途中，或是回到冈山旅馆之后才意识到自己处理了所有行李，却唯独遗漏了房卡。警方只需彻查房卡上的指纹，就能揭开林东策的身份之谜。届时，杀人嫌疑就会直指自己。事实上，他也拿不准警方是否已接管房卡，但考虑到警方或许会因林东策的身份而大意，他决定还是去冒这个险……至于那蛇皮袋，库本就无从下手了，他只能期盼警方无法从那粗糙的表面上查到什么……"

陶展文正要往下说，神尾却坐不住了，一时把这儿当成了警署办公室，高声吼道："安排下去，即刻缉拿库本胜一！"继而意识到自己的失态，忙恭敬地说："我代表警方感谢您提供的帮助，我会将今后的进展第一时间向您汇报！"

转眼间，警察已经夺门而出，陶展文无奈苦笑道："真是急性子，我话才刚说了一半……"

被警察丢下的小岛疑惑地问道："还有什么疑点没阐明吗？"

"罢了，刚才提供的线索已经足够让警方下逮捕令了。我就顺口提一下吧……你还记得警方制作的人物模拟像吗？认为模拟像与真人相似的，只有参与模拟像制作的竹内与库本二人，其余的奥林匹亚员工都没有明确表态。还有那通约竹内朝子见面的电话，也是凭空捏造的。以上两个伪证，只有库本与竹内能做到。”

仅仅是同名 >>>

送走了警察，陶展文对尚未从令人惊愕的真相中晃过神的老朱道："怎么样？再来一盘？"

"啊……好。"回过神的老朱愣愣地眨了眨眼，下意识地扯了把裤腰。

陶展文以兄长责备弟弟的口吻笑道："裤子穿整齐。瞧瞧你，衬衫都露出来了。"

"哦……"老朱没有辩驳，老老实实地照办了。

双方入座，开始了新一轮对弈。一旁的小岛看似在观棋，心却早已跟着警察飞走了。

中午，陶展文邀二人在家中小酌。酒足饭饱，陶展文问小岛道："你今儿怎么成警察的跟班了？"

小岛当即叫起了撞天屈："我难得休假，哪知一大早就让那警察逮着了，逼着我带他来见您……警方那儿有了新进展，能第一时间来找我们，还算他们有些良心。但是，我心里还是不得劲儿。"

"为什么？"

"警方到时破了案，立案卷的时候，哪能提着我们半个字？到头来都是他们的功劳。"

"我可不图这虚名。"

"我也理解，除非他们不想捧这个饭碗了，但到头来，我们也没落着好啊……"

见小岛闷闷不乐，陶展文安慰道："好了，好了。难得周末，咱仨一起出去消遣消遣？"

"去哪儿？"老朱最爱消遣。

陶展文笑着建议道："看脱衣舞去如何？照顾照顾多魔子的生意。"

舞台上，肉光致致的脱衣舞娘多魔子正与两条青色的舞伴缠绵。

多魔子恣意舞动着丰硕白皙却病入膏肓的玉体，夸张的舞姿与舞伴的蠕动，时不时将她身上的蕾丝布片撩起。

只见她纤手一扬，蕾丝布片随风飘动。肌肤毫无遮挡地感受着台下男人的火辣视线，这种感觉令她欲罢不能。

投光灯毫不留情地照射着她身体的各个角落，随着粉红布片的一次次摆动，台下男人心中的兽性也渐渐被煽起。

多魔子以脚尖为支点，展示了她的招牌动作“空中转体”。布片的前端与腰间平行，她的下体完全暴露在了空气之中。

不知羞耻！

舞台上的多魔子唾弃着自己：“警察为什么要问我冈山那晚有没有休息过？我看，他们就是来搭讪的……随你们了，反正我是个不知羞耻的贱女人。”

她的玉体如陀螺一般旋转着，思绪也随之转动：“你们只要记得眼前的一切就行！只要记得我这个不知廉耻的贱女人就行！……不行，风头要被蛇宝贝们抢光了。”

两条蛇似要与主人作对一般，高调地缠住了主人的脖颈与腋下。

陶展文深知台上的女人此举为何，不忍再看。色相虽能娱人一时，却难叫人铭记一生。

演出结束，三个人闲逛至中心街才互相道别，陶展文归宅时已经 4 点半了。5 点，神尾致电传来捷报：“结案在即了！库本果然误以为那晚有蛇女的表演，照这势头，他迟早得老实交代！竹内朝子的心理防线似乎更脆弱，这会儿怕是已经交代得七七八八了……当然，这还是多亏了您……”

“恭喜。”陶展文却没有太多感触。

通话结束，陶展文坐等宝媛归来为本次的案件划上句号。

这个混杂着错综复杂的人情义理、环环相扣的陷阱诡计的大旋涡，终于要停歇了。原本看不清、摸不透的光景，如今也一五一十地展现在眼前了。

体验了一番宝冢歌剧后，宝媛与三浦返回神户，就地选了家敞亮的牛排店共进晚餐。

三浦寻了个话题，问道：“这趟日本之游玩得开心吗？”

“真没白来，估计我这辈子都忘不了这趟旅行了。”宝媛语气中带着不舍，“可惜，再过三天，我就得和这儿说拜拜了。”

透亮的灯光诉说着二人此刻的心情。

与此同时，在相隔不远的一家灯光昏暗的咖啡厅中，一对中年男女相视而坐，围绕着二人的三合板充斥着廉价感。

女人将一捆钞票塞入手提袋中，笑道："你今后可就发达了。"

听了女人的话，光和公寓管理员久留岛欣吾表情有些尴尬："发达……这是哪儿的话……"

"反正人家今后全得仰仗你了。"

女人那娇滴滴的语气虽做作，却因她那有一说一的性子，让人讨厌不起来。

"但你丈夫那边……"

"你管那死鬼干吗？"

"你听我说完……咱们上回不是见面吗？好死不死，那晚我妹夫老王被杀了……"

"我不是让你对警察说，那晚你去帽店打发时间了吗？"

"我说了，但那帽店老板靠不住。"

"你自己看着办吧，你把咱俩的事儿抖出来，我也不介意。"

"那你丈夫那儿……"

"你又提他？"女人眉毛一扬，轻蔑地笑道，"你长点儿脑子吧……警察要的是不在场证据，哪有闲功夫管我们这点破事儿。这是隐私，警察就有权力追究别人隐私？”

久留岛仍然无法释怀，但一时间也想不出辙，只得无奈地道：“听天由命吧……咱们去酒店吧？”

“也好，快些完事儿，我今天最好早些回去。”

女人瞧上去比久留岛还性急些，仿佛与前夫苟且是理所应当的。跟她一比，支支吾吾的久留岛反倒更像宵小之辈了。

8 点，陶展文终于把宝媛盼回来了。女孩刚进屋，便兴奋地说道：“今天玩得真开心。”

陶展文本来想用微笑迎接女孩，却发现面部的肌肉不听使唤了。女孩仿佛瞧不见陶展文那奇怪的表情，自顾自开心地说道：“这趟旅行受了陶叔叔这么多照顾，我真是无以为报……我回香港后给羽容挑几块中国产的布料吧？小小心意……”

女孩那无忧无虑的举止让陶展文将满腔的问题化作了沉默，5 分钟前，那些在脑海中反复排练过数次的台词，此时此刻却重逾千斤。

——最近裁缝学得怎么样了？考考你，伊斯坦酒店的服务生制服，你能复制一件出来吗？不难吧？那布料随处都可以买到……你可真了不得，竟乔装成教会人员混进奥林匹亚物产打探消息。功夫不负有心人，这一趟还真让你得知了冒牌林东策的行程。于是，你前脚离开公司，后脚便搭上了 3 点半发车的“第二富士”。

——当听闻冒牌林东策，也就是王同平的死因时，你一定大吃一惊了吧？听说死者并未喝下毒茶时，你又是否暗暗庆幸呢？

陶展文决定将这些话烂在心中。此时此刻，女孩那洋溢着幸福光芒的双瞳诉说着放下一切的觉悟。

女孩的亲大哥，林家的顶梁柱，他的将来承载着一个家庭的梦想。哪怕是弃学从商，他仍旧是林家母女物质与精神上的支柱。就是这样一根顶梁柱，竟轰然倒塌，还是被他人恶意推倒的……

祸不单行，不久后，母亲也带着对儿子的思念离世了。而女孩还年轻，还蕴藏着无限的可能性。如今肩负着顶梁柱之责的她，必须要走出过去的阴影，开辟属于自己的人生……

不过无需忠告，女孩都明白……从她的眼神就可以看出来。

就问她一句话，就一句——陶展文起身，问道：“令堂……去年可来过日本？”

“中式打扮的优雅老妇人”之谜，也到了该解答的时候了。

女孩的雀跃之情骤然冷却，她神情复杂地注视着眼前的中年男人，良久，才淡淡地回答道："是的，母亲来过。"

疑问解开了，陶展文坐下，叹道："果然，果然……"

宝媛却仿佛这通问答并不存在一般，半开玩笑似地埋怨道："什么野营中心嘛，我看改名叫'竞走中心'算了。三浦哥好像永远走不累似的，要知道，我昨儿可是逛了一整天的冈山了。我受不住了，陶叔叔，我先回房歇息了。"

"早些歇息吧，这两天养足精神，才有体力坐船。"

"嗯，陶叔叔晚安。"

女孩一只脚刚迈出客厅，陶展文开口了："对了，差点忘了告诉你。谋杀王同平的真凶已经归案，你大哥是清白的。听小岛说，真凶是一家叫奥林匹亚物产的公司的董事，名叫库本。好死不死的，这王同平的别名也叫林东策，这才把案件搞复杂了。别担心，仅仅是同名同姓而已，王同平以林东策的名字订了房间后遇害了，和你哥哥毫不相干。"

女孩回头，陶展文竟没有勇气与她对视。她的眼神坚毅，且如烈日一般耀眼。

希望你今后也能以这样的眼神目视前方——这句就要脱口而出的激励，到底是堵在了陶展文喉咙里。

脚步声渐远，女孩散发出的幽香却仍在客厅中飘荡。

陶展文清了清嗓子，轻哼起“西厢记”中的名段：“兰麝香仍在，环佩声渐远……”

后记 - 宗肖之介

本作乃陈舜臣大师于推理处女作《枯草之根》获得“江户川乱步奖”的第二年，即昭和三十七年执笔完成。本作以主人翁陶展文为中心，为读者讲述了一个精彩纷呈、悬念迭起、蕴藏着时代厚重感的推理故事。

陈舜臣大师的写作风格正如本作主人翁陶展文一般悠然潇洒、海纳百川，笔下的人物性格与故事结构皆不拘一格，作者本人的高远心境与深厚阅历由此可见一斑。

本作主人翁陶展文凭借其迥异的个性，在我国推理文学历史上留下了浓墨重彩的一笔。他在陈大师的处女作中初次登场，便深受读者欢迎。去年，在《周刊文春》刊物举办的“东西悬疑文学TOP100”中，《枯草之根》位列第50名，另一册佳作《炎中画》（1941）位列第72名。

历时二十余载，陶展文的人气依旧长盛不衰，正是因为其独树一帜的人物性格。

初次邂逅陈大师的作品时，鄙人正醉心于松本清张大师的作品。在那段时间里（昭和三十年至四十年），鄙人的涉猎范围甚广，时常同时拜读多位大师的作品。因此，每次提起陈大师的作品，鄙人的脑海中总会响起松本大师在《黑色手帖》中谈及“推理的魅力”时做出的一段评论。

现今的推理小说有一大通病，即“重推理，轻动机”。为了掩盖这一缺陷，作者通常会在故事末尾生硬地安插一个似通非通的动机，此类文章难上台面。

动机象征着人性。是做罪犯，还是做普通人，仅在一念之差。迄今为止，小说中出现的动机无一例外地牵扯到个人利益，如金钱、爱欲，千篇一律的动机让人审美疲劳。在下拙见，动机若能加上社会性色彩，是否更有益于故事深度的拓展呢?

以清张为界，之前的本格派推理文学偏重于推理过程，最终沦为情节空洞、孤芳自赏之作。自松本大师首创“心理诡计”概念以来，其后的作家都遵循“身边事”“一般人”等原则，将推理文学从“鬼屋”解放到了现实世界之中。

在对社会派推理潮流的推动上，松本大师居功至伟。无论是昭和三十六年以水俣病为题材荣获第14届“日本侦探作家俱乐部大奖（今日本推理作家协会奖）”的水上勉的杰作《海之牙》（1935），还是于昭和三十五年荣获第44届“直木奖”的黑岩重吾的传世经典《背德的女子》，都是社会派推理界的巅峰之作。

在这个推理全盛时代，陈舜臣大师仍然稳扎稳打地进行着创作，在文学界中留下了属于自己的印记。

然而，陈大师的推理作品却并不完全属于社会派推理。他的作品包罗万象，远非“流派”二字可概括。若强行归类，他的作品可以并入社会派色彩浓厚的人生派，也可称其为人性派。

从本作主人翁陶展文的推理手法中就能看出，陈大师不屑于在案情中安插俗套的暗示与误导，读者只需将视角转向人性，也就是犯罪动机，便可轻易触及真相。推理作品在讲述动机的同时，也在剖析凶手那不为人知的心理历程——到底是何等的内心煎熬，才会让他做出害人性命这样反社会的举动？通过这种剖析，犯罪的本质、凶手的本质、作案手法的独特性、作案动机乃至作案必然性，就都无所遁形了。

犯罪源于凶犯复杂的人生阅历，只有人生阅历同样厚重的人才有能力揭穿其动机。本作主人翁陶展文就承担着“揭晓动机”的责任。

陶展文，一个年逾五十的食堂老板，《枯草根》第二章中曾提及他的经历。

陶展文的人生可谓坎坷。他生于陕西，长于福建，年轻时曾留学日本研习法律。由于少年、青年时光均在东京度过，他操着一口熟练的日本官话。大学毕业后一度归国，或许是厌倦了祖国的政治运动，再次移居日本，随后与日本女子结缘，开始了长达二十余年的日籍华侨生活。其父为拳法达人，陶展文年幼时便暗得拳法三昧。至于他的厨艺，既非南菜系，亦非北菜系，纯属无师自通。除此之外，他在中医学上也颇有造诣，在朋友圈中有“在世华佗”之名。

陶展文虽然只是一介食堂老板，却对棘手的杀人案件备感兴趣，本作的第五章曾对此进行了如下解释——“陶展文的探索欲源于对错综复杂人性的求知，而谋杀，正是人性的最佳投影。若非仍对人性寄予厚望，又怎么会操这份闲心呢？”

但陶展文并不会主动去寻找案件，例如在本作中，他是出于好意接待了香港女孩林宝媛，才无意间被卷入酒店杀人案件的。

随着调查的深入，陶展文对案件嫌疑人林东策的曲折经历产生了共鸣，而这一看似单纯的共鸣，却指引陶展文揭开了层层内幕。更令人拍案叫绝的是，作者在推理的间隙精心安排了“后乐园之游”这样讨论异国文化差异的片段，为小说整体平添了几分厚重。

追溯陈舜臣大师的创作历程，不难发现，他的初期作品都是围绕密室与不在场证明的本格派推理，但自从创作了以中日历史为背景的《炎中画》，陈大师笔锋一变，转攻历史小说，昭和四十年出版的宏伟壮阔的历史长篇罗曼史《鸦片战争》就是其中的佼佼者。

此后，描写手艺人在战乱中追求艺术的坎坷一生的《青玉狮子香炉》于昭和四十年荣获第60届“直木奖”。第二年，《再临玉岭》与《孔雀之道》两部作品同时获得昭和四十五年的第23届“日本推理作家协会奖”。

《鸦片战争实录》与《敦煌之旅》分别在昭和四十六年与昭和五十一年获得“每日出版文化奖”与“第3届大佛次郎奖”，这两项大奖标志着陈舜臣大师成功进军历史实录与纪行文学领域。此外，《三国史秘本》与《小说十八史略》等新学派中国古典文学的问世，也反映出陈舜臣大师深厚的文学历史底蕴与多变的写作风格。

陈舜臣大师从发表推理处女作开始，便在鼎盛的社会派推理浪潮中占有一席之地。这要归功于他始终秉持自己别具一格的写作特点，巧妙地将本格派与社会派的精髓融合，陈大师笔下的食堂老板陶展文便是二者的最佳接合剂。

图书在版编目（CIP）数据

分裂者 / （日）陈舜臣著；黄哲昕译. — 北京 ：
北京联合出版公司，2016.9（2019.3重印）
ISBN 978-7-5502-8048-9

Ⅰ. ①分… Ⅱ. ①陈… ②黄… Ⅲ. ①长篇小说—日本—现代 Ⅳ. ①I313.45

中国版本图书馆CIP数据核字(2016)第148051号
北京市版权局著作权合同登记号：图字01-2016-4439

分裂者

作　　者：陈舜臣
出版统筹：新华先锋
责任编辑：刘京华　夏应鹏
特约编辑：李　娜
版式设计：徐　倩
封面设计：吴黛君
封面绘图：吴黛君

北京联合出版公司出版
（北京市西城区德外大街83号楼9层 100088）
大厂回族自治县德诚印务有限公司印刷　新华书店经销
字数75千字　620毫米×889毫米　1/16　13印张
2019年3月第2版　2019年3月第2次印刷
ISBN 978-7-5502-8048-9
定价：59.00元
